Quand passent les pibales-Vivre avant de mourir

AF121320

A Michel Pierre 17/8/1947- 20/7/2012
mon frère Jumal qui ne m'a pas attendu

A Oksana ma petite fille

A Joëlle qui me supporte avec patience depuis tant d'années

Roman instinctiviste (1)

Dessin de couverture Oksana Irina Poirier à 7 ans

Quand passent les pibales-Vivre avant de mourir

Les personnages :

-Naghit Vladimir Vladimirovitch Mihaïl : retraité, fan de pibales
-Natalia Alekseievna : Ukrénienne d'Odessa, navigatrice
-Lev David Bronstein pilote d'Ovni, mari de Sarah Agar
-Piere Kevin Simon : dit PK, retraité
-Nachson Isaac Simon : dit Nachs, retraité ex glandeur en biologie
-José Rafael Delgado : Vénézuelien, ex mari de Pauryline Ponroe
-Dr Jackal : médecin légiste
-Sarah Agar : hotesse de l'air sur OVNI, femme de Lev
-Chee Abraham Gilad : officier police criminelle, mari de Lillith
-Lillith Gilad : Conférencière internationale, femme de Chee
-Pobla Capisso de Guanny y Guanilla : Artiste peintre
-Anita : Propriétaire magasin bondieuseries ouvert uniquement le vendredi Saint entre 10h et 12h
-Niala : Intermittent du roman
-Childéric Embrun de Fion : Préfet
-Keneth Rienaf : Décorateur
-Marie Charlotte Toubin-Toscan : Intégriste catholique
-Grégoire Stanasias : Politicien de droite
-Marive de la Ragotière : tronçonnée dans Anarchie Meurtres Sexe et Rock'n Roll
-Jean-François Plouqué:Politicien de droite
-Bruyere-Corésienne : Juge d'instruction
-Père Jean-Luc Dickonass : Curé
-Mouloud Benlarbin : reporter
-Farida Benuncleben : reporter
-Antoine Genton : dans son propre rôle
-Jethro Madian : Alcoolique pêcheur
- Nicol Ahuleau : Chasseur d'Okapis sur échasses
- Nadine Nelly Jeannette Clitogin baronne de Maidoeufs : Créatrice de la crème de jeunesse.
-Sodom Feuillu : ex-beau-frère de Nachson
-Yvonne Lamèremarre : Nouvelle femme de Sodom Feuillu

Chapitre 1

Quand passent les pibales

Dimanche 27 octobre 2013. Je me présente : Mihaïl, Naghit Vladimi Vladimirovitch Mihaïl.... je sais, un nom pas ordinaire... Un putain de nom à coucher dehors avec un billet de logement, comme dirait ma concierge, si j'en avais une.... Dupond, Durand, Martin, Martinez, Scarpaghi, tiens même Fazza Hamdan c'est plus simple à retenir, surtout si tu habites à Dubaï pour le dernier.... Pourquoi vouloir toujours simplifier les choses, je n'ai pas envie de les rendre plus aisées pour mes concitoyens. Je suis plutôt du genre à tout compliquer. Un mec du style emmerdeur patenté... Le chieur qui fait que l'on y regarde à deux fois avant de l'inviter à prendre part à une discussion.... Emmerdeur doublé d'un râleur de première bourre. C'est simple : Je gueule sur la politique et ses clowns pitoyables, je vocifère sur les religions et ses profiteurs hypocrites, j'éructe sur l'écologie et ses dictateurs, je conchie les radios et ses bourreurs de crâne, je hurle sur la télé et ses enconneurs de peuple, j'aboie sur les chiens qui vont s'abaisser jusqu'à te lécher la main et leur manque de dignité, je dézingue les lapins de garenne qui bouffent mes

légumes dans le potager, j'agonise les automobilistes qui me ralentissent quand je conduis au régulateur de vitesse, tout comme ceux qui me gâchent le plaisir, me doublant en franchissant la ligne blanche, moi qui ai envie de rouler doucement juste pour la délectation de les faire chier. Je beugle aussi contre les cons qui me pourrissent la vie du simple fait d'exister, comme je rugis sur les cons qui n'acceptent pas que je pourrisse la leur.... C'est dire si je suis un type qui n'attire pas de prime abord la sympathie... Pourtant, à l'école, lorsque j'ai eu assez de force pour devenir le chef d'une petite bande, bande de parisiens à forte attaches paysannes, j'obtenais chaque année haut la main le prix de camaraderie, élu par la majorité des élèves qui ne voulaient pas se faire casser la gueule à la récréation.... écoliers pour qui l'esthétique du visage primait sur la fermeté de l'intime conviction. Si ça, ce n'est pas la preuve indiscutable qu'ils me trouvaient démocratiquement sympathique... C'était la rubrique : coco creuse un peu tes personnages, approfondis le côté psychologique... Putain ce n'est pas gagné.

Au volant de ma vaillante Citroën B2 Torpédo bordeaux de 1923, bolide qui vient de fêter ses quatre-vingt-dix ans, je pars de Jonzac pour me rendre à Port-Maubert. Hier soir j'ai dû ajouté du Restom ADDIT 4000, additif à base de potassium pour éviter le risque de récession des sièges de soupape, deux doses et demie dans le réservoir avant de faire le plein d'essence sans plomb 95 à la station du centre Leclerc... Germaine, le petit nom affectueux de ma Citroën, quand elle est née, ne savait vivre qu'avec de l'essence au plomb pour la survie de son moteur, elle emmerdait par anticipation les écolos germanopratins à venir, se fichait comme d'une guigne du seuil de 100µg du cristallogène de numéro atomique 82 favorisant le saturnisme. Avec vingt cinq litres, contenance du réservoir, Germaine parcourt ses trois cents kilomètres sans ravitailler. Autonomie largement suffisante pour mon escapade de ce petit matin d'automne. À cette saison, malgré la douceur exceptionnelle de la température du jour, je capote la torpédo, je ferme le pare-brise,

pare-brise mobile en deux parties qui, à la belle saison, m'autorise à rouler les cheveux au vent comme aurait aimé le faire Juli Borissovitch Bryner... ça s'est vraiment joué à un cheveu près. Sur la route, les deux gros phares ronds percent difficilement les ténèbres de cette nuit éclairée par le dernier quartier de lune. Morceau de lune qui peut se lire comme un d, d comme dernier, pour le premier tu peux faire un p comme premier toujours en joignant et prolongeant les pointes de cornes du croissant... fastoche comme moyen mnémotechnique.... Lune cachée actuellement par des stratocumulus. Les marchepieds noirs de la Citroën, prolongés de chaque coté par les garde-boue, sont mouchetés de grains de boue générés par la rosée qui se condense sur la route. La roue de secours fixée sur l'arrière me rassure... en cas de crevaison juste un changement de roue, plus besoin de réparer comme sur certaines 10 HP type A, première Citroën construite en série par l'usine du 143 Quai de Javel.... Question moulin, sous le capot j'ai un 20CV de 1452cm3 qui entraîne les 1100kg de la machine à plus 70km/h pied au plancher, à fond de troisième.... Une folie !... En cas d'obstacle imprévu, faut juste serrer les fesses à faire de l'huile, si tu as préalablement pris la précaution d'y avoir introduit une olive... et prier... enfin prier pour ceux qui croient au père Noël... ou à la maculée contraception, enfin des trucs farfelus dans le genre.... Dans la circulation actuelle, avec des freins à tambour uniquement sur l'arbre de transmission il faut l'expérience et l'anticipation du capitaine du tanker Seawise Giant sur le rail d'Ouessant pour te sauver la vie... C'est super mode de sauver sa peau, de précautionner à mort, c'est dans l'air du temps, tu vas finir par rester couché et arrêter de respirer pour éviter tout danger possible à venir dans les trois prochains siècles. Notre génération, à vingt piges roulait en chemisette jeans et sans casque sur des Flandria ultra sport, Flandria record, Malaguti, Motobécane spéciale 50, Paloma Flash, Paloma super strada, Peugeot BB3, Italjet ISS et autres Motobi... mobylettes à vitesses qui malgré leur 49,9cm3 tapaient le 100km/h. Maintenant

pour moi, putain, à soixante-sept berges j'ai fait le plus gros, j'ai l'avenir qui me tourne le dos... le futur qui me fait un bras d'honneur, même mon banquier ne m'accorde plus de prêts supérieurs à trois ans... c'est pour dire s'il crois en ma longévité. J'suis pas fait pour faire un centenaire, pas envie de rester l'œil rivé à l'écran cathodique devant Julien Lepers, de passer mon temps à chercher mon dentier, à régler le volume de mon sonotone, à chercher ma loupe pour lire un prospectus, à devenir liquide de l'intérieur... A quinze ans avec mon acné et mes cheveux gominés mon ambition n'était pas d'attendre que quelqu'un finisse par pousser mon fauteuil roulant jusqu'au réfectoire de la maison de retraite où m'attend mon repas, soupe tiède, purée mousseline à la margarine, jambon blanc aux polyphosphates, crème caramel à l'agar-agar. Je ne postule pas pour finir chef Alzheimer, pour goûter aux joies cabotines de devenir mime par la grâce de l'accident vasculaire cérébral... cerise sur le gâteau, pour avoir le plaisir de baigner dans mes fèces sauce urines trônant, édenté, quatre cheveux gras en bataille, sur mon alèse caoutchouteuse... Au diable la prudence, à bas la vie à l'économie, merde au culte du principe de précaution des eunuques de la vie... Place à la griserie de la vitesse. Faut vivre à fond pour que ça passe plus vite... nom de Dieu....

De jour, lors du passage de cet équipage le succès est garanti. Quand tu croises un quidam, mate un peu sa tronche au regard étonné de chat-huant lorsque son regard croise cet ancêtre automobile à la restauration plus réussie que celle de Catherine Fabienne Dorléac.... Tu sais bien, celle que les amateurs de pop-corn, les fans d'images en couleurs qui bougent dans les salles obscures, désignent sous la marque Deneuve, pourtant de conception de vingt ans sa cadette... Je prends la D2 route de Royan vers Saint-Genis-de-Saintonge. A la sortie de Saint-Genis je laisse des serres à gauche, croise le chemin des sables à main droite, traverse à tombeau ouvert le bourg du Luth, coupe la rue de Tête Verte et des Sablières, sur la droite la ferme dont le pignon est affligé d'un panneau publicitaire ventant le

Cognac Jules Gautret... Publicité vestige d'une époque où l'on pouvait conduire et boire, époque ou l'alcool te permettait d'être en phase avec la sinuosité de la route, époque où les « j'existe uniquement en imposant mes phobies au monde » se faisaient claquer impitoyablement le beignet par les « vis ta vie, laisse-moi vivre la mienne, occupe-toi de ton cul »... époque où l'offre d'organes à greffer battait son plein, grâce aux accidents routiers salvateurs... Comme aurait pu le dire Jean Rostand en supprimant la sélection naturelle les cons vont envahir le monde, merci Kouchner.... Les greffeurs en tous genres avaient le choix sur la qualité de la barbaque à recycler... du rognon, du poumon, du foie, du cœur, de la cornée, alouette... Il n'y a que le cerveau qui ne se greffe malheureusement pas... En absence de greffons à profusion, les artistes du bistouri chirurgisent maintenant dans l'esthétique pour se remplir les poches. Un genre de placement sur la connerie humaine plus rentable que le CAC40. Pourtant, ce n'est pas d'un nez plus court, moins typé, tarbouif qui ne grandit plus avec la tête de son propriétaire, donnant l'impression que les trous des narines sont verticaux, vision panoramique sur le contenu... peut être pour ça que les Égyptiens de l'antiquité parlaient de profil... chez les vieux t'as même l'impression qu'il en manque un bout pour arriver jusqu'à la bouche, ce qui explique le truc des lunettes sur la tête genre serre-tête alors que les cheveux, même avec des verres correcteurs ne voient pas plus... Ce n'est pas non plus des nichons plus gros qui finissent par ressembler à la boule de bilboquet pendant lamentablement au bout de sa ficelle... l'âge avançant, l'élasticité de la peau n'est pas éternelle, alors que le silicone, s'il n'a pas encore pris sont indépendance in vivo, garde sa forme initiale... C'est encore moins la nécessité de pénis plus gros, plus longs... sûrement pour des mecs qui veulent enfiler plusieurs vagins genre brochette de barbecue pour une sorte de rut productiviste imposé par les canons de l'ultra libéralisme... Vas savoir, je ne sais pas ce qui se passe dans leur tête... Tout ça prouve que c'est bien d'un cerveau dont tous ce joli monde a le

besoin le plus urgent.
Je passe sous le pont de la route des Estuaires, longe la forêt, en septembre elle m'offre la possibilité de garnir mon omelette de cèpes de Bordeaux (boletus edulis) avec un peu d'ail, de persil, une pincée de sel de Ré et trois tours de moulin à poivre... arrive à Saint-Fort-sur-Gironde. Saint-Fort-sur-Gironde rue du Commerce, virage à angle droit, il faut avoir la force de tourner le volant, t'as pas d'assistance sur la direction... mieux vaut faire haltérophilie que philatélie si tu veux rester sur la route. Fin des années vingt, pour conduire ce type d'engin la musculature du cultivateur, du paysan, était de loin préférable à celle de porteur de manches de lustrine.... Direction Port-Maubert, je longe le bureau d'accueil du Tourisme sur ma droite, côtoie les vignes qui jouxtent la voie. Jouxte, c'est le genre de mot qui ne te fatigue jamais la langue... Du mec qui s'autorise jouxte dans la conversation faut t'en méfier comme de la peste... Il va certainement essayer de te niquer la gueule, te vendre des trucs trois fois le prix... Imagine qu'il a un gyrophare sur la tête qui prévient : attention arnaqueur. Je ne dis jamais jouxte, personne ne le dis, je l'écris pour faire comme les écrivains, par écrit des « jouxte » tu en as des pages entières. C'est à ces petits détails que tu te fais reconnaître par les critiques. Tu sais le genre de parasites qui déglinguent tout ce que les créateurs se cassent le cul à pondre... Des paradeurs qui s'approprient Gangulphe comme Saint-Patron... alors qu'ils n'ont rien derrière eux, ne pondent pas, piquent les œufs des autres pour en faire leur miel... Savent juste caqueter en faisant l'intéressant dans la lucarne à conneries... Je ne dis pas ça pour moi, moi je suis un amateur. Même pas éclairé par la plus petite bougie comme amateur. J'écris au mètre, pas de plan, rien de prévu, pas de style, la jachère inculte comme le pléonasmait mon professeur de français de seconde M' me tendant ma dissertation notée 3/20 pour le papier et l'encre, ça vient comme ça veut, je n'ai aucune idée où ça va.... Je fais de la merde... je le revendique... sauf que, contrairement à l'anus, mon concurrent direct, je fournis le papier... pas la version

E-book bien sûr, là il te reste les doigts. Je suis instinctiviste.... T'as vu, je confirme à mort la psychologie du personnage... Tiens j'en remets une louche... Je gueule sur ceux qui savent ce que tu dois écrire, comment tu dois le faire pour avoir la chance de quelques secondes d'exposition médiatique... qu'ils daignent t'octroyer ces censeurs payés par la taxe audiovisuelle qu'on t'impose... uniquement lorsqu'ils sont en panne d'autopromotion ou de copains à faire mousser... Charité bien ordonnée... à charge de revanche coco... On se voit après l'émission, on se fait une bouffe... Juste une question... si les écrivains écoutaient ces maîtres à penser de la forme littéraire, les vrais, qui heureusement n'ont pas de leçons à recevoir, il n'y aurait qu'un seul livre.... Un livre si chiant qu'un seul, tu trouverais que c'est encore trop..... Je sais, je m'abaisse, je fais ma pute, je fais critique de critique... putain me voilà mal parti... encore un peu et je fais dans le majoritaire, je jappe avec la meute, je ne change plus de parti quand mon camp dépasse les 3% d'adhésion dans la population... Je ne me remets pas en question si mon idée est approuvée par un autre... Nom de Dieu, je m'embourgeoise, c'est à ça que tu vois que les ans t'ont niqué les synapses, bordel de merde.

Je laisse la route de Saint-Romain à droite, passe l'entrée de Camailleau, le chemin du camping Port-Maubert à gauche où tous les emplacements sont ombragés par une haie de peupliers. Salicacées qui ont daigné se laisser pousser les feuilles malgré l'effort à produire pour hisser temporairement la sève jusqu'à la plus haute branche de cime. Le côté poil dans la main très latin de ces Populus Italica, qui les oppose aux courageux conifères du nord qui eux, poussent leur sève, hiver comme été, jusqu'à l'extrémité de l'aiguille la plus éloignée... Je dois dire que compte tenu du temps à ne pas mettre un SDF dehors qui règne dans leur bled d'origine, à part se livrer à la photosynthèse hiver comme été, tu ne vois pas ce qu'ils peuvent faire d'autre... Un peu comme ces étudiants au faciès ingrat à la fac, les moches, ceux qui ont des physiques pour réussir à l'écrit... à part étudier tu te demandes ce qu'ils peuvent envisager.....

Ce ne sont pas les invitations à s'échanger la salive au cours de luttes labiales explosives, s'explorer en braille les monts et les vallées, s'exciter les sudoripares, se titiller les follicules pileux avant de s'essouffler en galipettes sans but procréatif volontaire, qui peuvent les perturber.... ou alors, il leur faut attendre le petit matin qu'un ou une plus bourré que les autres.... de surcroît aveugle victime d'hypoesthésie.... en gros quelqu'un qui n'a pas toutes ses facultés de jugement. Ces pas gâtés par la nature, s'ils ne réussissent pas dans leurs études, n'ont aucune excuse à faire valoir, faut se rendre à l'évidence... Ils n'étaient vraiment pas fait pour ça....
Je sais, faut pas généraliser, mais parmi les Tracheobionta Coniferophyta Pinopsida Pinales Pinaceae il n'y a guère que les mélèzes qui se sont fait bourrer le mou pour adopter le côté caduc des latins....
Peupliers ombrageants... enfin uniquement l'été, quand les hordes de baignasoutes, cramoisis et desquamant, reviennent polluer mon regard, porter atteinte à mon sens de l'esthétique. Dieu merci ils se font aussi détrousser par le commerce local... Il y a quand même une justice dans ce monde ultra-libéral... tout n'est pas à rejeter... Après la période vacancière en juin des célibataires et des jeunes couples sans enfants, suit en juillet et août celle de ceux qui se sont équipés volontairement ou non de gnards scolarisés, ces futurs chômeurs à conscience politique de rappeurs, briefés dès leur plus jeune âge pour devenir des consommateurs boulimiques, compulsifs... Ces reproducteurs inconscients précédent eux même les retraités qui s'en sont débarrassés avec joie de leurs graines de bois de lit... Il y a des secondes de plaisirs qui t'entraînent dans des décennies d'emmerdes... Le rapport qualité prix à payer... Comme disait mon adjudant-chef, pendant ma formation d'infirmier de l'armée de l'air, lorsque le service militaire était encore obligatoire, où l'armée faisait de toi un homme, t'apprenant à picoler, fumer, glander, te droguer... opium, morphine de l'armoire du tableau C, Imménoctal, Maxiton dans les réserves de la pharmacie.... une bonne masturbation vaut

mieux qu'un mauvais coït... Un homme d'expérience...
Puis c'est l'automne les feuilles tombent, ces feignasses d'arbres, ces intermittents de la feuille, bullent les pieds dans l'eau sans ombrager qui que ce soit jusqu'à la saison suivante.....
Près de l'entrée tu as aussi le restaurant du camping qui hésite encore entre gastronomie approximative et gastro-entérite à proximité. En face, la piscine de plein air qui te permet, à tout âge, de pisser sans baisser ton maillot, sans utiliser les mains pour extraire l'injecteur urine sperme mis provisoirement en position urine, sans le moindre remord... ne sont pas à 300ml près... c'est par honnêteté... J'avais bu la tasse... Je restitue.... Le seul risque... L'auréole jaune qui peut te trahir si tu n'as pas eu l'idée de suivre la mode des bénouzes à piscaille de couleur sombre. A côté de la piscine, l'indispensable bar de plein air, ses hauts tabourets présentoirs où, avec de la chance, tu peux te choper des chaudasses temporaires, à tropisme estivale, équipées d'herpès génital, de trichomonas vaginalis ou de candidoses, je conseille la plus goûteuse... l'albicans... suivant le menu choisit. T'as même la possibilité de multiplier les plaisirs si tu prends le supplément garniture Neisseria gonorrhoeae à 5€.... Pour les nostalgiques de l'évolution neurologique tardive, de la dysarthrie, du tabès, sur commande spéciale et réservation, des tréponèmes pâles sont possibles.
Plus loin, t'as la location de bicyclettes pour ceux qui ont échappé aux hémorroïdes explosives qui obligent au régime vélo sans selle, malgré leur fréquentation assidue du kebab voisin... Les épices depuis l'origine ont été faites pour masquer le goût du faisandé.... L'inconvénient est que de leur feu tu en profites deux fois, à l'entrée et à la sortie.
Enfin, tu arrives sur le port... Port dont l'origine remonterait au dixième siècle, il se tenait au hameau de Beaumont. Maubert, que l'on gagnait de Beaumont par le chemin de Port Neuf, naquit de la volonté de gagner des terres sur l'estuaire de la Gironde.. En 1835 fut construit un débarcadère pour les marins et les marchandises qui

venaient de Bordeaux. De nos jours le port de plaisance s'étend le long du chenal où se jette le Taillon....

C'était la séquence « ce soir tu pourras te coucher moins con que tu ne l'étais au lever ce matin »... profite ça n'arrive pas tous les jours et je sais de quoi je parle.

Deux heures, la marée est descendante, aujourd'hui un petit coefficient de 33... 1m 70 de marnage.. Vers 4h, l'eau aura atteint le minimum de hauteur, après la période d'étale de basse mer, elle commencera à remonter. J'ai tout mon temps pour observer l'entrée du chenal et la Gironde, malgré le dernier quartier de lune dissimulé maintenant par des cumulus, dans l'espoir de voir remonter ces putains de pibales.... J'ai pris ma torche VS wicked Torch 4100 lumens. La puissance de cette lampe est phénoménale, la chaleur dégagée peut cuire un œuf. C'est la publicité qui l'affirme... en réalité il suffit de 60°C pour coaguler de l'albumine. L'ampoule halogène 100 watts est équipée d'une lentille résistant aux hautes températures. Le boîtier est fait d'un aluminium de qualité militaire. En quoi consiste la qualité militaire pour de l'aluminium? Pour le pékin ordinaire les usines d'aluminium Rusal, Rio Tinto, Alcoa Corporation of China, Norsk Hydro ou Dubal se disent tient faisons de la daube... de l'aluminium merdique, mais dès qu'ils voient arriver au loin un client coiffé du plus petit bout de képi ils changent tout et se lance dans la fabrication de la qualité suprême... Autre possibilité... ta lampe marche au pas, salue ses supérieurs avec un air idiot et des gestes mécaniques, boit de la bière en racontant des histoires graveleuses les ponctuant d'éructations, voir de flatulences pour les plus extravertis, tout en écoutant les Charlots chanter leur fameuse chanson : Suce ma pine.

Avec cet équipement digne d'un professionnel je vais pouvoir observer le passage de mes candidates involontaires au bain d'huile bouillante, bain qu'elles

Je connais une enfant
Pleine de talent
Douce et câline
Qui aime la pine
Tous les mercredis soirs
Elle vient me voir

prennent en compagnie d'ail coupé en rondelles, accompagné de deux ou trois petits morceaux de piment d'Espelette. Pour échapper à la fraîcheur, à l'humidité, lorsque je reste immobile, je ne suis pas le genre de mec à prendre le risque inutile de me choper de méchants rhumatismes dans les épaules, exquise douleur déclenchée par la froidure humide qui me pénètre jusqu'aux os. J'ai même tendance à en faire un maximum... T'as qu'à voir. J'ai pris ma parka Men's Expedition Black Canada Goose qui résiste à moins 30°C avec son capuchon garni de fourrure de coyote, ma salopette Pro Grand froid RefrigiWear isolation en fibre de polyester haute densité pouvant résister, elle, à moins 46°C, mes bottes Bogs Classic Ultra High qui supportent moins 40°C et mes moufles Expedition isolées Primaloft.
Un petit quart d'heure de marche sur le chemin herbeux avant

Derrière l'usine
Pour sucer ma pine
Pendant qu'avec adresse
Elle me touche les fesses
Sa petite bouche butine ma pine
Elle suce... ma pine
Je ne connais personne qui
suce ma pine
Comme ça
Sucer c'est un métier
Y'a des gens doués
Et cette gamine
Est faite pour ma pine
Sa bouche a du talent
J'parl' pas d'ses dents
Quand elle taquine
Le bout de ma pine
Avec son annulaire
Elle chatouill' mon derrière
Pendant que ses canines
Mordillent ma pine
Qu'il est beau cet anneau
Ce rond dans l'eau
Qu'elle dessine
Autour de ma pine
Je n'échangerais pas
Ce lèvres là
Contre une mounine
Pour glisser ma pine
Sans parler des dangers
Qu'elle me fait éviter
Y'a pas d'pénicilline
Autour de ma pine

d'installer mon fauteuil pliable, avec porte-boissons, siège de chez Jago, à l'ouest du port, à la limite du chenal et de la Gironde. Je pose mon sac à dos, en sort un gobelet, une bouteille thermos stainlessKing Flash de 1200cl pour me servir un grand verre de mojito que j'insère précautionneusement dans le porte-boissons... Verre accompagné d'une paille, qui va bien avec, pour le siroter.

J'accompagne le remontant d'un mélange de noix de cajou, noisettes grillées, pistaches décortiquées pour ne pas laisser dire que je picole le ventre vide. T'as vu, j'explique bien, toujours pour mettre en lumière la psychologie du personnage, je donne du détail, je crois que je progresse d'un point-de-vue littéraire... Le jour où j'arrive à maîtriser le Français, à trouver un sujet qui te tient tellement en haleine que t'oublies ta montre, que tu tournes les pages avec avidité, que tu ne puisses pas fermer le livre sans en connaître le dénouement alors que la ville ronfle autour de toi... Putain là je serais au top.
Pour attendre la montée de la marée, je commence à lire une recette de pibales, trouvée sur internet juste avant de quitter la maison, sans trop en approcher la lampe pour ne pas mettre le feu à la feuille de papier.

Mettez le court bouillon relevé du jus de citrons sur le feu. Lavez deux ou trois fois les pibales jusqu'à ce que l'eau reste claire. Égouttez-les et plongez-les dans le court bouillon en ébullition durant à peine 2 min. Égouttez-les bien encore et posez-les sur un torchon propre. Épongez doucement. Faites la sauce, mettez de bon vinaigre de vin rouge, le sel et le poivre dans un grand saladier. Faites fondre le sel dans le vinaigre avec la cuillère en bois et mêlez-y la moutarde forte. Ajoutez échalote hachée menu et gousse d'ail pressée après avoir ôté le germe. Hachez ensemble sur une planche un petit bouquet de ciboulette, des branches de coriandre et ajoutez-les à la sauce. Mélangez bien et ajoutez-les pibales que vous tournez délicatement (comme pour une salade de pommes de terre). Ce plat se mange tiède ou froid selon les goûts.

Je me demande si le meilleur dans la pibale n'est pas l'imaginaire que l'on y met. Pas envie d'essayer d'en capturer. Il te faut une licence, suivre toute une réglementation... Ça décourage même si le kg se vend dans les 500€... je pose la question : n'est ce pas devenu un attrape couillons... comme les bruants ortolans, le caviar béluga, la tuber melanosporum et autres trucs pour affirmer tes possibilités financières à la gueule des prolos. C'est que le pauvre s'imagine que c'est extraordinaire d'un point de vue gustatif vu le prix du truc que tu t'injectes dans le cornet... Surtout s'il le compare à son salaire mensuel... Il ne peut pas s'imaginer que c'est insipide, que son exploiteur en achètes uniquement pour lui faire sentir la différence de classe entre eux. Ces mets de luxe, comble du raffinement, si tu

t'en tiens au symbole véhiculé, ressortiront, quelque soit l'immensité de ta fortune, après leur transit digestif habituel en laissant des traces épaisses, comme de grosses loches oranges sur un sol labouré de frais, traces de merde grasse dégoulinant sur la cuvette de chiotte... Même blindé à mort, ça, tu ne peux pas le faire sous-traité par l'un de tes larbins. Plus fort que lui, en chiant faut que le bourge se la pète, il chie riche pour provoquer la femme de chambre qui doit récurer l'équivalent de mois de salaires restés accrochés sur le bord du sanitaire. Quand je pense qu'il se trouve des cons pour affirmer que la lutte des classes n'existe plus. Que le clivage droite gauche est du passé... Votre gauche connards, la socialo, celle des nantis qui se donnent un genre. Celle des profiteurs, des parasites, des nuisible qui s'achètent à peu de frais une bonne conscience et qui se permettent de faire la morale au prolo qu'ils trouvent populistes vulgaires. Mais putain, les différences entre ceux qui crèvent, le peuple, le vrai et ceux qui s'empiffrent n'a jamais été aussi grande. Malgré ça, le prolétariat se résigne, personne ne bouge, ne vient réclamer virilement sa part à ces nantis qui se pavanent et les exploitent. Ils ont aboli la peine de mort, à ton avis c'est par soucis d'humanité, encore il y a à dire... se faire masser les hémorroïdes par le sexe d'un de ses codétenus à longueur de temps pendant que l'autre cherche avec le même objet la chaleur de ta bouche pour un apports nutritionnel complémentaire, chier en publique devant tes collègues de geôle qui bouffent leur boudin créole purée, ne pouvoir se vider la prostate qu'en onanisme ou pédérastie voilà qui un apporte formidable à la dignité... Ne s'intéressent pas aux conditions de détention, juste à savoir si les cellules VIP sont bien isolées... Humaniste de gauche mais pas jusqu'à se mélanger à la populace. Tout s'explique. Non, de ta dignité ils s'en battent les couilles, en 68 on demandait d'où parles-tu ? Regarde, ils parlent de Neuilly, du VIII éme, du XVI eme de l'île de Ré, pas d'Aubervilliers, d'Ermont, d'Argenteuil ou de Villiers-le-Bel. La peine de mort ils l'ont abolie parce-qu'ils ont peur, à force de provocations, de voir le jour où leurs

tronches décoreraient à nouveau le bout d'une pique. Ces bouffis de fric qui viennent narguer le travailleur, le productif, jusque dans son salon sur ces putains de télé à écran LED qui lui ont coûté des mois de privation. Ces « Je sais ce qui est bon pour toi » lui expliquent en le culpabilisant que sa paye de misère pénalise la compétitivité de leurs entreprises. Pour eux, les spéculateurs, les boursicoteurs, les exilés fiscaux, ne sont pas responsables de la crise économique qu'ils ont déclenchée juste pour reprendre les maigres avantage que la classe besogneuse avait obtenue, souvent au prix de son sang. Combien de morts pour les fameux « avantages acquis » curieux, la peine de mort pour accroître les profits existe toujours, accident du travail, la faute à pas de chance, qu'ils baptisent le truc. Avant ils te créaient une bonne guerre, du coup pour redresser le pays le patriote rendait ses avantages... les morts réglaient le problème du chômage. Est moins regardant sur la peine de mort, le bourgeois, quand faut envoyer le prolo au casse pipe pour défendre sa fortune. Pour venir les insulter à domicile, ces provocateurs, ces pousse au crime empochent de plus une partie de la redevance audiovisuelle que ces « ferme ta gueule, écoute, ceux qui savent parlent » sont contraints de payer.... dans cette société de merde... personne ne dit stop, ne leur améliore esthétiquement la tronche, sans bistouri ni anesthésie, à coups de pompes dans la gueule pour leur faire toucher du doigt.... de pied.... la réalité. Que faut il pour faire se rebiffer les nouveaux damnés de la terre ? Interdire le foot à la télé, supprimer le loto, rendre le tiercé illégal, tuer les chevaux de course avant de les intégrer sous forme de minerai dans leurs raviolis... Secouez vos chaînes, montrez que vous n'êtes pas encore morts, que vous n'êtes pas transformés en intestins sur pattes, élevés pour écouler les stocks de merde industrielle....

Putain ça le fait, j'approfondis à mort la psychologie du mec. On le sent révolté non ?

Revenons à nos ouailles comme ont dit, pour nous résumer, j'aime à la fraîche, au petit matin, juste avant que les premiers rayons du

soleil ne dissipent la brume, ne sèchent les perles de rosée prisonnières des toiles d'épeire diadème tendues sur les fils de fer des clôtures. J'aime aller observer la remontée des pibales à Port-Maubert, sur l'estuaire de la Gironde. Chacun ses petits et grands vices. Ça me détend, je ne pense à rien pendant de longs moments, je me vide la tête. Depuis ma phlébite, cause de mon embolie pulmonaire, à l'occasion de laquelle le scanner à mis en évidence un cancer du rein, le petit plus offert par la maison, maison qui sait fidéliser ses clients.... Des réflexions sur ma propre mort emplissent le vide temporaire de mon esprit. Non, ma mort ne me fait pas peur, je n'ai pas peur du vide, du néant, ça se saurait, je vis avec moi depuis si longtemps. La mort de mes proches me dérange, modifie mon environnement, bouscule mes repères, mais la mienne m'indiffère, ça s'arrête, c'est tout, pas de quoi fouetter une chatte... Qu'est ce que ça peut me foutre de clamser, une fois fait, plus rien ne compte, fini, the end... C'est là que tu relativises l'intérêt des combats, de surmonter les obstacles, des sacrifices, des privations pour en arriver là, en cendre dans le bocal entre les chupa-chups et les cornichons. Le seul truc que j'exige c'est que ce soit fait proprement, en douceur, que tu te sentes partir avec plaisir, que t'en profites jusqu'à la dernière goutte, tu deviens mou de l'intérieur, la tête se vide doucement, tu prends de plus en plus de recul, confortable, décontracté du gland comme dit l'autre, puis plus rien. Tu t'endors apaisé, sans souci du réveil. Si ça, ça ne te donne pas envie... enfin, plus que de recevoir ton avis de tiers provisionnel. Ce que je crains, ma hantise, ma trouille bleue, c'est la souffrance. Je suis terrifié à l'idée de subir une douleur insurmontable, une douleur qui ne s'arrête qu'avec mon dernier souffle. Ce putain de dernier souffle qui tarde souvent à venir l'enfoiré. Une saloperie de nuisance qui semble mettre une éternité avant la conclusion enfin heureuse de ta vie. Que ce fils de pute de dernier moment prend comme temps pour pointer sa gueule... tellement tu dégustes jour, nuit, jour, nuit, avec ces cons qui te regardent sans vouloir lever le petit doigt pour

t'aider à partir dans la dignité... à quoi sert d'affronter cette vacherie de souffrance qui devient inhumaine s'il n'y a pas le moindre espoir, la moindre compensation, la plus petite récompense. Ils le savent tous, tu vas crever, tu suintes de partout, tes chairs pourrissent, tu pues la mort, t'as les mouches bleues en embuscade qui attendent le signal... tu peux même avoir des bouts de barbaque qui asticotent déjà... au moins un endroit de vie, une partie de toi qui bouge... des bouts de mort en avance sur le planning, c'est écrit, pas d'autres scénarii possibles. Essaye d'ouvrir un œil, regarde ils t'observent, prennent des mines compatissantes, te disent qu'ils te trouvent une meilleurs mine avant de partir en courant pour vomir, c'est à croire que ces enculés se délectent de te voir souffrir, toi, à deux doigts de l'évanouissement, juste au bord, pour que tu dégustes en toute conscience, toujours en limite pour que tu saches ce que veux dire souffrir à en mourir. Qu'ont ils en tête pour ne pas te rendre ce petit service... Dans tes yeux ils lisent la supplication, parce que tu as perdu toute fierté, tu lécherais même les mains d'un mec de droite ou pire d'un socialiste s'il t'aidait à partir, t'es plus en état d'avoir de la dignité, du respect pour toi, ça fait mal à en crever mais putain tu ne crèves pas... The show must go on... peut être faudrait-il hurler à leur faire péter les tympans pour qu'ils prennent conscience... sont foutus de te mettre dans une pièce insonorisée.... My Kingdom for my dead. Il te faut attendre que ton organisme n'en puisse plus des tortures que le crabe t'inflige, qu'il finisse enfin par capituler pour la grande délivrance. Quel est le con qui a fait que tu sois aussi résistant biologiquement.... Putain, s'il existe il ne va pas tarder à m'entendre.... Dieu prépare tes miches, enfoiré, j'arrive.... Je remercie ces moralistes aussi sadiques que des bourreaux nazis, ces bien-pensants qui t'obligent à crever à petit feu comme un bête... des êtres qui se cachent derrière une morale judéo-chrétienne qui fait jolie dans les salons cossus, pourtant leur patron ne s'embarrasse pas de détails quand il veut faire disparaître l'humanité, il fait le déluge... Vive la solution finale, vive le déluge et tant pis si tous n'étaient pas

en phase terminale.... Des législateurs qui se pensent de race supérieure pour décider de ce qui est bon pour toi. Doivent trouver que nos boyaux de la tête sont incapables de décider pour nous, qu'ils ne valent les leurs... Si l'humanisme c'est ça... je lui pisse à la raie, lui chie dans la gueule.... C'est vrai qu'ils font tout pour nous décérébrer, pour nous transformer en électeurs caniches, citoyens qui remuent la queue quand on leur lance la ba-balle des promesses jamais tenues... Oligarchie, qui veut nous transformer en gros cons de consommateurs exploitables à merci... Ploutocratie qui remercie Ivan Petrovich Pavlov d'avoir ouvert la voie à notre conditionnement, merci l'église, merci l'école, merci l'armée, merci la sphère médiatique. En remerciement, j'espère qu'à leur tour ils vont tous clamser dans d'atroces douleurs, qu'en comparaison ébola passe pour une variante du plaisir sexuel, pour qu'ils puissent vivre les conséquences de leurs décisions, de subir ce qu'ils nous imposent... les voir pleurer, se tordre de douleur, se vider de leur sang par les yeux et tous les pores de la peau, chier de l'eau à se vider comme un cholérique, pisser des calculs d'acide urique gros comme des noisettes à leur exploser l'urètre, se transformer en ulcères du décubitus purulents.... Mais ces enfoirés sont capable de finir sans s'en apercevoir, partir en douceur d'une petite rupture d'anévrisme.... Nom de Dieu, là, faut leur filer des coups de lattes dans les côtes, peuvent pas partir comme ça après ce qu'ils ont imposé aux autres. Toi là-haut, une autre raison de préparer tes miches.... Putain j'espère pour toi que tu n'existe pas, sincèrement, je ne peux pas croire que tu sois un enculé à ce point.... L'idéal, une anesthésie générale sans le réveil... Tu pars relaxé, confiant, détendu, apaisé... Tu passes de l'autre côté sans la moindre angoisse... Le noir, le rien, le néant, la fin de toutes les mesquineries...

Avant de prendre la décision de l'intervention chirurgicale, de les laisser faire leurs cinq trous dans ma panse pour que leurs tubes, intervention par cœlioscopie qu'ils appellent ça, se mettent en position pour me mater l'intérieur et l'ablation de la partie tumorale

de mon rein, je m'interroge sur sa nécessité. Si je ne fais rien, je dois avoir trois ou quatre ans avant que la tumeur ne passe de 4cm à 7cm, ne soit assez avancée pour commencer à essaimer, pour métastaser avec une prédilection pour mes poumons. Au total, je peux espérer, en gros, cinq, six voir sept ans avant que la vie ne devienne trop pénible, ce qui me mène à près de soixante quinze ans, largement suffisant à mon sens. Je ne tiens pas à finir le regard dans le vide, assis dans mon fauteuil roulant, à l'entrée de la maison de retraite, le cul baignant dans l'urine et la merde... agréable au début cette sensation de chaud associée au moelleux du siège.... en attendant que quelqu'un daigne prendre le temps de venir me changer les couches..... Comme ode à l'humanité y a pas mieux, c'est finir sa vie en apothéose, le bouquet final du feu d'artifice... explosion des sphincters, peinture murale garantie, tu joues dans la cour des grands avec Georges Seurat, Camille Pissaro, Paul Signac, Maximilien Luce et autres Théo van Rysselberghe.... mais toi plus inventif, ayant découvert le Street-Art, tu projettes directement sur les murs laissant aux classiques leurs toiles et leurs pinceaux.

Maintenant j'ai un avantage de poids sur beaucoup de mes contemporains qui se croient en bonne santé, je sais à peu près combien de temps il me reste à vivre mon état d'assujetti fiscal. Me faire opérer, retirer le bout de rognon aux cellules anarchistes me fait regagner la horde de ceux qui ne savent pas, qui ne voient plus le décompte du compte à rebours s'égrainer sur le mur de leur futur. À la réflexion, pour beaucoup d'entre nous, quand on fait le bilan bénéfices/risques de la poursuite de notre vie, je ne suis pas certain que l'autorisation de mise sur le marché nous soit donnée... Des coups à en devenir un accroc du shut down au thiopental... Ce départ volontaire devrait même être autorisé pour les bien-portants, lorsque tu estimes ne plus rien avoir à faire de plus passionnant sur cette putain de terre que ce que tu as déjà fait, que tu bégaies ta vie.... En gros quand tu commences à t'emmerder grave, en être réduit à voter pour l'insipide Hollande juste pour emmerder le peuple de gauche,

pour le plaisir d'être un nuisible, pour faire regretter de ne pas encore avoir autoriser le suicide volontaire. Chacun décide pour lui et rien que pour lui... Pourquoi s'accrocher ? Pour faire tourner la machine avec son rôle peu glorieux de consommateur, devenir un tube digestif, être juste sur terre pour finir de transformer de la nourriture industrielle en merde, un composteur biologique, un intestin qui se déplace lui même pour s'auto-alimenter. Pour flatter l'ego des dirigeants de tous poils qui se vantent de posséder un troupeau plus nombreux que celui du voisin... Qui est indispensable à la planète ? Qui apporte une contribution décisive à l'humanité ? Les humains sont devenus le cancer de la terre. Comme les cellules cancéreuses ils détruisent tous les autres êtres vivants, le règne animal, végétal, minéral, comme les cellules cancéreuses ils s'éteindront en même temps que le support qu'ils ont tué. C'est quand même con un cancer... c'est toujours suicidaire comme truc.... sa victoire le tue.... C'est in-vivo ce que fait le ploutocrate qui se nourrit du prolétaire et finit par l'étrangler à vouloir toujours plus... ça doit vouloir signifier quelque chose sur notre temps ?
Je regarde la surface de l'eau miroiter pendant des heures. A ce moment là, t'as pas intérêt à venir me briser les glaouis comme l'a fait la pauvre Marive de la Ragotière quand Nachs coupait son tilleul. (Voir dans Anarchie Meurtres Sexe et Rock'n Roll) **J'imagine des formes qui déclenchent dans mon cerveau la création de petites d'histoires... comme un rêve éveillé. Pouvoir hypnotique de ces reflets mouvants. Apaisement, le cœur ralentit son rythme, la tension artérielle diminue. Je dis que je médite, pour faire celui qui ne veut pas dire qu'il glande... je m'affirme en méditation... presque transcendantale si je suis reluqué par un branché du surnaturel... Entre le méditeur et le glandeur, observé à 400 mètres, la différence n'est pas évidente, il faut juste être connaisseur, spécialiste en couillonnade métaphysique... Rousseau pensait que l'homme qui médite est un animal dépravé. Ce brave Jean-Jacques avait aussi constaté que la socialisation pervertit l'homme, car en groupe il peut se comparer,**

entrer en rivalité, en conflit. Quand on observe le criquet, individuellement gentilles bestioles sauteuses égayant nos vertes prairies, qui, lors de leur grégarisation deviennent d'abominables machines à tout dévaster, on peut imaginer ce qu'est capable de faire, compte tenu du pouvoir de chaque humain, une grande foule de cons... si en plus tu leur ajoutes la bière et le football... la réalité dépasse ta fiction, pourtant t'as le chou des plus imaginatif question conneries. En fait je me vide tellement l'intérieur que si tu me regardes profond dans le trou de mes pupilles tu peux observer la couleur de l'intérieur de mes Bogs Classic Ultra Hig. Plus rien dedans, encéphalogramme en lévitation au dessus de la tête, je ne regarde pas, je vois... sans la moindre réaction... le vide sidéral... puis d'un seul coup je rebranche... je sais de nouveau pourquoi je suis là... Pour voir les civelles. Le bébé Anguilla Anguilla, nom latin de l'animal certainement donné par un ichtyologue bègue... Ce poisson, qui vit en eau douce et se reproduit en mer, « un peu comme le barramundi poisson aux grandes écailles qui doit son nom aux aborigènes de Rockhampton dans le Queensland », ce poisson disais-je avant de digresser une fois de plus pour être en phase avec l'époque du zapping à tout va, m'intrigue au plus haut point.

Pince moi, je rêve ou est-ce la réalité, là-bas, au milieu du bras de l'estuaire une barque portée par le courant remonte la Gironde en silence... à la barre une femme torse nu, l'air conquérant... faut que j'y aille doucement sur le mojito... Pas arrêter brutalement non plus, sinon je vais finir en delirium tremens, je n'ai pas de benzodiazépines sur moi.

Je ferme les yeux, mon rêve continue, maintenant j'arrive à Rockhamton sur Bruce Highway à l'intersection de Yeppoon Road... Putain c'est vrai ici on roule à gauche, keep left me rappelle le panneau. J'ai failli me prendre dans la tronche une toupie de ciment Hanson, heureusement le feu était rouge. Je prends à gauche Carlton Street, « Keep clear » en blanc sur la chaussée rappelant l'interdiction de s'arrêter au milieu du carrefour pour ne pas faire

chier les kangourous qui arrivent perpendiculairement, en cas d'embouteillage... Ont l'air moins cons que nous les drivers locaux. De chaque côté des maisons individuelles avec leurs jardins, des palmiers. Quel dommage de voir ces poteaux hérissés de fils électriques en tous sens qui gâchent le paysage ! Des jardins clos cette fois, je tourne à droite dans Price avenue.... soudain je me dis comme Pierre Antoine Muraccioli : Qu'est-ce que je fous ici.

Je fais demi-tour pour repartir sur Carlton Street, passe devant Ken's Plumbing Supplies, son show room avec exposition de White Goods, Vanities, Toilets, Spa's, Baths... puis Central Old Engeneering Hardware.... Mais qu'est-ce que je fous ici.... au rond point le panneau, sur lequel je lis les inscriptions Humes, puis dessous Rockhampton. Je prends à gauche McLaughlin Street, un dépôt de gros tuyaux béton, genre tout à l'égout sur deux étages... Pourraient faire des abris pour SDF... mais qu'est-ce que je fous ici... Dale et Meyers holding, Tops Elite « Granite, Marble, Solid Surface », un magasin Miele pour les cuisines... Mais qu'est-ce que je fous ici... Je ne sais pas ce que je cherche. N'ai aucune idée sur ma destination, dois-je rencontrer quelqu'un ? Qu'est-ce que je fous ici. Je m'arrête devant Glenmore Motors quand, sur mon front, une attaque surprise de moustiques me réveille. Ah Oui, Port-Maubert, les pibales, la Gironde.... La barque silencieuse a disparu... Le discours sur les anguilles. Pour se la péter un peu, tu peux glisser comme ça dans la conversation,

On m'avait conseillé d'écrire
Une chanson pour un été
Une chanson où je pourrais dire
Tout ce que j'ai à regretter
Où je parlerai de mes richesses
Et de l'amour que je n'ai pas trouvé
Et je dirai, je dirai, je dirai
Qu'est-ce que je fous ici ?
Mais qu'est-ce que je fous ici ?
Je dirai chaque soir je quitte
La ville où je viens de chanter
Chaque soir reste dans ma tête
Les yeux d'une fille qui pleurait
Tes yeux à toi qui es venue me voir
Et je ne sais plus que penser
Et je me dis, je me dis, je me dis
Qu'est-ce que je fous ici ?
Mais qu'est-ce que je fous ici ?
Je cherchais ce que je pouvais te dire
À toi qui t'ennuies dans ton coin
Toi qui t'ennuies depuis des heures
Seule ton verre à la main
Je ne sais pas je ne sais dire que ce que j'aime
Je ferai mes chansons moi-même
Te diras-tu, te diras-tu, te

mine que rien... L'anguille voyez vous cher ami est un poisson catadrome... Si c'est une soirée du vendredi avec des adeptes de Thalassa préfère : l'anguille ce poisson thalassotoque, qui comme chacun sait vient du grec thalassotokos qui signifie né dans la mer. Le saumon, l'esturgeon et l'anguille sont des espèces migratrices. Pour l'anguille le cycle alterne entre le milieu marin pour sa reproduction et le milieu dulcicole pour sa croissance et sa vie. C'est exactement l'inverse pour le saumon et l'esturgeon.

diras-tu
Qu'est-ce que je fous ici ?
Mais qu'est-ce que je fous ici ?
Je dirai je suis millionnaire
J'ai tous les trésors que je veux
Tous les trésors de la terre
Pourtant il me manque deux yeux
Deux yeux où je pourrais me perdre
Pour sortir de ma tour d'ivoire
Et je suis seul, je suis perdu !

Un sujet de discussion avec ton pote Rabbin, tu le branches sur: cet amphihalin serpentiforme à nageoires courtes et peau épaisse dans laquelle s'imbriquent de minuscules écailles ovales n'est pourtant pas admis par le Kashrout hamitba'h vehamaakhalim.... Qu'en penses tu Salomon ?
-Reviens Salomon, non je déconne...
Tu fais bouffer ce que tu veux à tes disciples...
Pas mon problème...
Quoi que...
Je vais directement voir avec ton patron à la prochaine occase.
Bon, elles se pointent ces putains de bestioles ? Se font attendre, genre caprice de star depuis qu'elles ont appris la valeur démente du kilo du fruit de leurs entrailles....
Oh, Je vais tout casser si vous touchez au fruit de mes entrailles **comme le criait le chanteur héliporté.**
Moi, je veux juste les voir passer... Rien de plus... Pas pour dire : J'ai vu remonter des liasses de biffetons de cinq cents euros flottant sur la Gironde ou sur le Taillon, pour me pousser du coude, faire le genre de mec qui sort du lot, qui ne passe pas sont temps uniquement devant la chaîne N°23 à reluquer des tatoueurs. Franchement sur la TNT, le nombre d'émissions qui te font comprendre pourquoi l'autre

con à fini par organiser le déluge... comme ce n'est pas le genre de mec à se laisser guider par le hasard les bestioles terrestres devaient en ce temps regarder aussi la télé... Une question... pour les animaux marins toute cette eau en plus, flotte venant d'on ne sait où, qui a abaissé la salinité de la mer et des océans... les animaux vivant dans les fleuves devaient eux gérer un apport en chlorure de sodium... la Bible reste muette sur ce sujet.

J'ai pris les jumelles Steiner Pack Skyhawk Pro 10X26 pour observer la surface du courant. J'espère voir arriver les civelles par paquets... Toujours rien, mon gobelet de Mojito se vide doucement... dix minutes d'observation, une gorgée... observation, gorgée, observation, gorgée... Mojito aidant je vais certainement finir par voir à nouveau des trucs... Mais quoi cette fois? Des gaveurs d'autruches sur échasses, des tondeurs de mérous en jet-ski, des avaleurs de sabres végétariens.... La marée monte depuis deux bonnes heures, le niveau d'eau dans le chenal s'est élevé d'au moins un mètre et toujours pas la moindre pibale. Le thermos de mojito était terminé depuis longtemps quand est apparu un voilier se dirigeant vers le port. Je vais aller voir ce bateau, ça me changera les idées. Je replie mon fauteuil, range mes jumelles, ma paille et mon gobelet. Je me dirige à pied vers le port. Le voilier ne va pas plus vite que moi pour remonter le chenal, son moteur ronronne aux 3,5km/h qu'impose la prudence pour éviter le batillage. Je pose mon fauteuil pliable, mon sac à dos sur le siège arrière de la B2. Je vais regarder le rafiot manœuvrer pour son amarrage. Un Oceanis-37 de chez Bénéteau... je n'y connais rien mais c'est inscrit dessus. A la barre une femme la cinquantaine rayonnante. Décidément c'est la série des femmes à la barre. Le mojito c'est connu a des vertus aphrodisiaques....

-Bonsoir.... vous manœuvrez seule cet engin ?

-Bonjour, l'heure matinale l'impose non ?... oui je suis seule à bord pourquoi ? Cela vous étonne?

-Je voyais deux ou trois personnes pour les voiles, les amarres et

toutes les cordes... faut pas avoir les deux pieds dans le même escarpin pour maîtriser ce genre de bateau !

-Nous ne sommes plus au temps de la marine à voile, plus à l'époque de Charles VIII... les voiles sont abattues et rangées avant d'arriver au chenal, ensuite, suivant les usages en vigueur dans votre beau pays, c'est le moteur qui pousse le bateau jusqu'à son point d'amarrage... C'est un Oceanis-37, un modèle construit en 2008, il y a eu des progrès en conception marine depuis 1492, mon bateau n'est pas une caravelle comme la Pinta ou la Nińa, ni une nef, ce qu'était la Santa Maria... Si vous aviez l'œil exercé, vous verriez que je ne suis pas Cristoforo Colombo... C'est votre voiture le tacot rouge là-bas ?

-Oui une Citroën B2 torpédo de 1923.

-Cela doit être amusant de se promener dans cette pièce de musée. J'adorerais une fois m'offrir ce luxe... Je peux vous faire une proposition ?

-Faites toujours si je garde la possibilité de la décliner sans vous offenser.

-Je vous propose un échange de bons procédés... Vous me faites visiter la région dans votre automobile, en échange vous venez passer une journée en mer sur mon bateau.....

-Le deal est acceptable... Fixons un jour, vous êtes à Port-Maubert pour longtemps ?

-Quelques temps dans la région... Une idée me vient, avec votre tacot vous nous conduisez à la Rochelle, nous déjeunerons chez Christopher Coutanceau... Vous connaissez ?

-De nom, je ne peux pas dire que ce soit ma cantine... Je ne suis même pas certain qu'il prend les tickets restaurants.

-Un ami m'a recommandé le menu dégustation... J'ai très envie des langoustines de la Cotinière, du civet de homard breton , du bar de ligne sur sa peau croustillante en royale d'asperge, de son dôme mousseux de champagne rosé, ses pomelos en nage de cranberries et du fameux sorbet pomelos et champagne...

-Le programme me tente... vous me mettez l'eau à la bouche.... Pourtant je vous assure qu'il n'en passe pas souvent... d'eau dans ma bouche... vous pouvez me croire... les chutes du Niagara ne risquent pas d'être à sec pour me rincer le gosier. Reste à fixer les dates de rendez-vous sur la terre ferme pour la journée entrants gastronomiques, ensuite nous déterminerons la date de ma journée de gerbage en mer. Si possible pas le lendemain, si c'est acceptable pour vous. Avant l'épreuve nautique, dans mon menu de la veille je dois choisir des trucs simples à vomir.
-Retrouvons nous pour aller à La Rochelle mercredi vers 18h... pour retenir la table en fonctions de nos possibilités à chacun, si jamais aucune table n'est disponible immédiatement.
-Je suis votre homme.... Je peux visiter votre bateau ? Maintenant ?
-D'accord, montez mais retirez vos bottes. Jamais de chaussures terrestres sur mon bateau..
-Un peu comme à la mosquée ?
-Un peu... sans les tapis.... on ne se met pas à genoux non plus... sauf... enfin... certainement pas pour prier
-Vous me faites les présentations ?
-Du bateau ou de moi ?
-Du bateau pour le moment, de vous, au restaurant, nous aurons tout le temps.
-C'est un bateau conçu par Jean-Marie Finot et Pascal Conq... vous vous y connaissez en architecture de marine ?
-Pas plus qu'une langoustine en physique des particules.....
-C'est un bateau de 37 pieds comme son nom l'indique Oceanis-37
-Ils en font des plus grands ? Des mille pieds ? pour les iules ?
-Pour qui ?
-Les myriapodes diplopodes de la bande à Julida, l'arthropode que ses amis intimes surnomment affectueusement mille-pattes
-Je vois.... monsieur fait de l'humour pour éviter de parler de ses capacités marines.
-La seule capacité en mer qui m'importe est celle de mon estomac....

elle devient rapidement négative... ça purge la bile.
-Montez dans le cockpit, le volant c'est la barre à roue centrale, derrière vous avez le banc de la barreuse, il se soulève aidé par ce petit vérin, ici la jupe arrière. Là, à bâbord arrière, l'emplacement du radeau de survie posé sur le plancher du cockpit.. En cas de problème il faut soulever le banc, puis faire glisser le radeau à la mer.... Il se déplie et se gonfle tout seul. Ici vous avez les winches d'écoutes de génois. Devant sous le panneau de descente, le chariot de grand-voile avec un réglage sur les winches de rouf. Juste devant la barre vous avez la console avec l'écran du traceur de cartes, ensuite la table de cockpit avec ses deux abattants latéraux pour faciliter le passage. Le panneau de descente se glisse dessous le panneau horizontal, il s'escamote complètement en restant en place... astucieux non ? Plus de risque de les abîmer ou de griffer le plancher.... ou plus stupidement de les perdre.
-Vous parlez quelle langue ?
-Le marin
-C'est joli, ça chatouille les oreilles, je n'y comprends rien, mais c'est poétique en diable....
-Je vous explique le pont ?
-Avec le plus grand plaisir. votre petit nom ?
-Natalia Alekseievna... mais vous pouvez utiliser mes diminutifs : Natacha, Nata, Natochka, Natachenka, Natoulia
-Enchanté Natoulia.... Moi c'est Naghit Vladimir Vladimirovitch Mihaïl... je n'autorise personne à m'appeler par un diminutif, je n'aime pas les familiarités....
-Si l'on doit toujours vous appeler par votre nom complet... en absence de votre huissier aboyeur, il faut vraiment avoir quelque chose d'important à vous dire pour se lancer dans votre interpellation.
-Je suis bon prince, vous m'êtes sympathique, pour vous je ferai une exception de taille, vous pouvez m'appeler Christine !
-N'est-ce pas un prénom un tantinet féminin ?

-Effectivement, il peut être féminin si vous le donnez à une fille, mais reste masculin si vous l'utilisez pour baptiser un garçon... ou un film comme l'a fait John Carpenter..... film, c'est du genre masculin non ?.
-Vous avez un côté original...
-Oui, le gauche surtout.... Natochka nous en étions à votre explication concernant le pont. Je suis tout ouïe.
-Vous avez deux winches sur le rouf pour la distribution des drisses et des différents réglages de voiles, là, fixé sur le livet vous avez les haubans.
-Tous ces rouleaux de tissus c'est pour faire un peu de couture pendant la navigation ?
-Je ne vous conseille pas un slip taillé dans ce tissus si vous voulez garder une taille convenable à vos gonades.... Ce bateau est gréé de cette grand-voile de 33m2, d'un petit génois de 32m2 aussi, d'un spi de 95 m2 et d'un spi asymétrique de 90m2.
-Puis-je visiter l'intérieur, ou serait ce trop indiscret sans avoir prévenu.
-Non, je suis une femme ordonnée... sur un bateau c'est préférable sinon c'est vite une vie de cauchemar.
-Je vous suis...
-J'ai opté pour la version deux cabines de l'Océanis-37 pour privilégier le rangement... Ma cuisine en L à votre gauche... bâbord.... avec un hublot au dessus pour évacuer les odeurs de cuisine lorsque le temps le permet... mon frigo à ouverture frontale, les armoires de rangement auxquelles j'ai fait ajouter des fargues pour éviter que tout se mélange au premier virement de bord. A votre droite, tribord, la table des cartes avec sa banquette... Au dessus la grosse armoire pour le micro-onde, les deux hublots de coque pour surveiller ce qui se passe dehors, avec du rangement devant tenu par ces fargues en inox. La cabine avant, ma chambre avec ses deux couchettes, les tiroirs de rangements dessous, un petit détail féminin... ma coiffeuse et ma grande penderie. Suivez la guide,

cabine arrière avec sa double couchette, la salle d'eau équipée d’une douche.
-Vous êtes pratiquante de pêche sous-marine... je vois que vous avez le matériel.... avez-vous aussi un moteur ?
-C'est indispensable, pour entrer au port et pour l’électricité à bord... un Yanmar de 30cv diesel avec en réservoir 130 litres pour la carburant
-Pas de quoi traverser l’Atlantique sans les voiles... Pour l'eau douce ?
-Une réserve de 346 litres.
-Il ne faut pas vouloir prendre un bain tous les matins.... Waohh, il y a même le GPS !
-C’est necessaire, mon voilier est un peu plus moderne que votre voiture... un Raymarine C80... pour la radio VHF une Navicom RT650.
-Vous pouvez filer à quelle vitesse avec cette merveille ?
-Tout dépend de la vitesse du vent et de l’angle qu’il fait avec les voiles. Souvent j’ai mesuré entre 5 et 10 nœuds sur le ST70 Raymarine Speedo Tridata...
-Pour dormir vous arrêtez le bateau au milieu de l’océan, vous mettez les warning et serrez le frein-à-main
-Plus simplement je mets le pilote automatique, un Raymarine LS40/ST70... Pour écouter de la musique une radio CD 4 hauts parleurs LG CM 2520.
-Vous vivez a bord en permanence ?
-En mer oui, à terre je vais à l'hôtel pour retrouver mes aises.
-Le Formule 1 doit vous rappeler votre bateau question exiguïté...
-Ai-je une tête de Formule 1 ? je suis plus une habituée des Sofitels, Holiday Inn, au pire Best Western ou équivalents suivant le port.
-Merci de m'avoir fait visiter votre domaine, je rentre chez moi, nous nous revoyons mercredi soir pour la bouffe à la Rochelle.
-C'est pour vous l'équipe de télévision qui arrive ?

Chapitre 2

La réunion de cellule

Nachson Isaac Barembaum, assis dans sa cuisine vêtu sobrement pour une fois d'un costume Dior homme, attend l'arrivée imminente de deux de ses complices. En réalité, Nachs est sapé comme un prince d'orient dans son costume dessiné par Kris Van Assche. Un costard qui se remarque par cette fameuse veste à capuche, la coqueluche des branchées à touffe épilée à la brésilienne, la hantise des phtirus pubis... Je me demande bien où va se nicher le génie créatifs des chiffonneux à gourmettes... « En banlieue, chez les dealers Ducon marchand de frites », m'interpelle-je avec une violence verbale qui me surprend... Cette veste très tendance doit être impérativement portée sur un sweat-shirt dont les imprimés lui tirent la bourre question audace. Avant de remonter ses collants, Yves Henri Donat Mathieu Saint Laurent disait à Pierre Bergé, en s'essuyant la rosette que ce dernier venait de lui souiller, un sweater se doit d'être enfilé sur une chemise blanche à poches plaquées, manches courtes genre chemisette, le col supportant la cravate ou le nœud papillon... Col et boutonnières sont ornés d'imprimés coordonnés au sweater. Sur la partie inférieure du corps, un vêtement unisexe couvre séparément les deux jambes... une sorte de

culotte, un peu comme celle portée par Pantalone, ce célèbre personnage de la Comedia Dell'arte, à qui le styliste inspiré, ivre d'imagination, en érection créatrice, n'hésita pas à donner un nom surprenant et d'une totale originalité... « Pantalon ». Vérifie coco, je suis certain que ce nom va faire un malheur, fais-le déposer avant que des malotrus en manque d'imagination me le chaparde... Aux pieds Nachs porte des sneakers à semelles épaisses, semelles que le Thomas Lieuvin pour homme, avait eu l'idée géniale de placer dessous. Pour le côté novateur ce n'est pas la panacée, mais en regardant l'aspect pratique, cette idée semble idéale pour le confort de la marche... Je vais être franc avec toi, ce n'est pas exactement la vraie veste Dior, c'est une copie que Nachs a réalisé lui même, pour en mettre plein la vue à ses copains. Fringues super frime pour la réunion surprise qu'il se propose de leur infliger dès leur arrivée. Pour être surpris, ils vont l'être les deux parasites des actifs, comme nos économistes distingués, ces sangsues se gavant du sang chaud du prolétariat, osent désigner nos retraités. Nachs, sur une veste ordinaire de chez Emmaüs a collé, à l'aide de « ni clou ni vis » de Pattex, une capuche découpée dans un jogging de couleur approchante. N'est pas petite main qui veut ! L'aiguille de couturière dans la main d'un inexpérimenté de l'excentricité chifonneuse est plus délicate à manier que la langue de bois dans la bouche d'un nuisible de la politique. Comme pour la création de chez Dior, l'effet d'inattendu joue à fond. Il fallait l'observer dans les yeux de la cohorte des parasites, ces privilégiés, assis sur leurs culs la patte à la main, qui croient devoir s'extasier devant chaque ineptie du défilé, trépignant dans une transe pré-extatique de peur de passer pour des has-been aux yeux de connards pas foutus d'inventer l'eau tiède, ne disposant il est vrai que d'eau chaude et d'eau froide. Question veste, avec celle de Nachs t'en prends plein les yeux aussi, à t'en décoller les rétines, t'en chambouler la choroïde, t'en boucher la fovéa. Malheureusement, chez nos papys glandeurs, l'art moderne, le beau conceptuel, l'originalité intrinsèque de l'objet culturel, leur passe

régulièrement à plus de trois mètres au dessus de la boîte crânienne, même hissés sur l'extrémité de leur pointe des pieds. Je ne suis pas certain, les connaissant, que ces deux analphabètes de la mode s'endolorissent les pognes, fassent exploser leur taux de myoglobine, à s'en bloquer la fonction rénale, à force de taper dans leurs mains devant cette fulgurance du génie créatif, accident qui arrive au joueur de tam-tam inspiré par une improvisation de Thelonius Monk,. Pour le sweater les couleurs des plus osées ont toutes été réalisées à la main en utilisant des restes d'encre de chine, son côté artiste instinctiviste. Cette fameuse école sans élève créée par Alain Poirier dans les années 60, école qui sévit en musique, arts plastiques, littérature, qui revendique pour ses disciples, tout faire d'un jet sans réfléchir, n'avoir aucun talent, surtout de ne jamais chercher à s'améliorer et conditio sine qua non en être parfaitement conscient.

En admirant le sweater, il est permis de dire qu'il en a tiré le maximum question talent barioleur. Des coloris plus inventifs que ceux d'un prisme tombé dans un kaléidoscope. Pour la chemise, Nachs a utilisé une vieille liquette, une blanche, à laquelle il a coupé les manches à l'aide d'un couteau électrique Harper HEK06, puis orné boutonnières et col de dessins réalisés aux feutres de couleurs dont l'étui mentionne encre indélébile. La chemise est coordonné au sweater, comme sur la représentation du mannequin Dior, celui de la photo repérée sur le site internet du grand couturier, l'idole des femelles oisives et suffisantes qui ne supportent que l'air du VIIIème. Ces botoxées, siliconées, retendues de partout comme un cordage de raquette de tennis, paradant une plume dans le cul sur des moquettes de soie sauvage, ces péripatéticiennes... Tu préfères comme qualificatif grandes bourgeoises... Si tu veux, moi les synonymes... filles de joie, grues, catins, tapineuses, gagneuses, courtisanes, belles de nuit, prostituées, racoleuses, filles des rues, putains... prends celui qui te fait plaisir... donc, des grosses putes vivant d'un seul client payant... leur mari. Putain ça va le faire, se dit Nachs, contemplant le reflet de son chef d'œuvre vestimentaire dans la vitre du four micro-

onde. Qui peut se douter une seule minute que ce n'est pas l'authentique tenue ? Je te laisse juge, d'ici tu ne peux pas te douter que Nachs ne revêt pas l'original. Je ne suis même pas certain qu'Emmanuelle Alt ne se laisse pas blouser, toute rédactrice en chef de Vogue France et experte en tenues à la con qu'elle est. Peut être Nachs pourra-t-il être démasqué par un malade du détail, un coupeur de cheveux en quatre, un chipoteur, au motif que Dior est écrit au feutre sur la manche de la veste, que dans l'enthousiasme, Nachs a orthographié « Dhior » pour faire encore plus riche... Tu es d'accord qu'il faut être un sacré fouteur de merde pour s'arrêter à des détails aussi insignifiants. Il faut vraiment tomber sur un mégoteur, un pisse froid, un intégriste du chiffon, un obsédé de la griffe, un pinailleur maladif, un fan d'Aymeric Caron, en un mot un tatillon.

Pour patienter, calmer l'exaltation, faire retomber sa tension, se vider la tête, Nachs regarde les informations sur « i-TV » : Le présentateur, un petit Ken bien propre sur lui, tout droit sorti d'une scène de Barbie, le genre à ne sodomiser que des poupées gonflables hypoallergéniques, à forniquer la bite sandwichée entre deux tranches de pain de mie tartinées intérieurement de Primevère-oméga-3 devant une photo de Bambi. Ce primate tondu de frais, chaque poil, chaque cheveu mesuré au pied-à-coulisse, pendant qu'il présente son journal affiche le sourire crispé de celui qui subit la fellation d'une suceuse aux dents trop serrées Ce bellâtre, paradant un manche à balai enfoncé profond dans le fondement, veut amortir le blanchiment chimique de ses ratiges. Pour ce faire, il parle en retroussant les babines, arborant cette grimace permanente du mec qui veut te baiser la gueule en te vendant des trucs dont tu n'as aucune utilité. Ce clown nous informe, dans un rictus souriant, que ce dimanche 27 octobre, entre deux et trois heures du matin, trois meurtres inexpliqués ont été commis près de Saint-Christoly-de-Médoc, bourg sur l'estuaire de la Gironde, proche des scènes de crime. Une fin de vie anticipée dont ont été victimes trois malheureux

pêcheurs de pibales. Cette pêche se pratique de nuit, de préférence à la lune nouvelle, par temps doux, vent de sud ouest, lorsque la marée montante fait entrer les civelles dans les rivières et les canaux. Le pêcheur, éclairé d'une lampe, tenant fermement son tamis, instrument constitué d'une armature de bois d'acacias de forme ovale au bout d'un manche de trois mètres, maintient son engin à contre courant pour recueillir le cordon de pibales. Civelles qui ont profité de l'obscurité, les imprudentes, pour quitter le fond de l'estuaire en se laissant porter par le courant. Paquet d'alevins voyageurs qui vient buter sur le tamis que le pêcheur relève quand il le pense suffisamment rempli. D'un geste précis la précieuse récolte est alors vidée dans une caisse spéciale qui retient les civelles en laissant s'écouler l'eau. L'homme en cuissardes plonge à nouveau son épuisette juste sous la surface de l'eau, pour capturer de nouveaux groupes d'arrivants tout au long de la nuit. La pêche en estuaire étant interdite nous sommes en présence de braconniers fraîchement promus depuis au grade de macchabées.

-J'appelle notre envoyé spécial à Saint-Christoly-de-Médoc : Mouloud Benlarbin vous êtes sur place ?

-Oui, sourire dont la blancheur étincelante rivalise avec celle de la cuvette de mes chiottes,

-Pouvez vous nous décrire avec précision ce que vous observez ?

-Ici personne n'a rien vu, rien entendu, pour le moment la police se refuse à tout commentaire. Comme vous le voyez « iTV » donne toujours l'antenne quand on a rien à dire.

-C'est BFM qui a commencé.... Pouvez-vous nous décrire ce que vous voyez actuellement.

-Oui, éblouissante pub galak, je vois des roseaux tout autour de moi, devant moi de l'eau qui coule de droite à gauche pendant une période, de gauche à droite pendant la période suivante, je crois qu'ils appellent ça, dans le patois local, la marée.

-Mouloud Benlarbin pouvez-vous nous dire s'il y a des témoins, si vous avez pu obtenir des informations complémentaires ?

-Oui, gueule d'empeigne, divin clapet immaculé qui ne ferme pas plus que le cul d'une cane victime de salmonellose, tourista de la paroles, le témoin qui a découvert les corps en allant vérifier son carrelet, nom de la construction pour la pêche au tramail, nous a déclaré : « allez vous faire foutre tas de vautours, journaleux de mes deux, plongeurs en fosses septiques » nous a gratifié d'un bras d'honneur en nous traitant de fouilles-merde à la solde des lobbies financiers, puis se retournant, il a baissé son pantalon pour nous montrer son….

-Mouloud, Mouloud ! Reprenez-vous ! coupa le déontologue, digne héritier des brillants reporters formés à l'école journalistique Jacques Paoli période Europe N°1 de mai 1968.

-Vous me demandez ce que je vois sur place..... J'essaye d'être exhaustif

-Très bien Mouloud Benlarbin, restez sur zone, nous vous rappellerons pour le prochain journal. D'après des sources proches de l'enquête, le ou les meurtriers ont agi avec une arme inattendue qui semble être une arbalète. En effet, les trois victimes ont reçu à l'arrière de la tête un carreau, projectile qui a vraisemblablement été tiré depuis la terre, dans le dos des victimes. Plus surprenant, une deuxième flèche sur laquelle est écrit « énergie alevine » leur a pénétré la poitrine, ce qui laisse les enquêteurs plus que perplexes. Nous n'avons pas plus d'éléments pour connaître les causes de ce triple meurtre... rivalité de braconniers compte tenu des enjeux financiers... écologiste extrémiste voulant venger le chagrin des mamans anguilles devant le génocide de leur progéniture... entraînement de biathlon pour les prochains J.O. J'appelle notre envoyée spéciale à Port-Maubert, localité située sur l'autre rive de l'estuaire de la Gironde... Farida Benuncleben avez-vous des informations complémentaires qui puissent nous éclairer ?

-Oui, Grand Chicots émaillés, la police a interrogé un homme, monsieur Naghit Mihaïl, un paisible retraité, né en 1947, qui vient régulièrement sur cette rive, ici à Port-Maubert, pour observer le

passage des civelles en sirotant des mojitos. Naghit nous confirme n'avoir rien observé d'anormal au cours de cette nuit, juste une barque à moteur électrique pilotée par une femme d'un certain âge, d'allure très fière, qui remontait l'estuaire le buste nu. C'est semble-t-il sans rapport avec l'enquête, les victimes ayant été attaquées par derrière, c'est à dire depuis la terre ferme.

-Faites-nous entendre ce témoin en exclusivité I-télé Farida.

-Monsieur Naghit pouvez vous nous raconter ce que vous avez vu et ce que vous faites au bord de l'estuaire.

-Comme je vous l'ai déjà dit, en regardant le fil de l'eau, je pensais à cet enculé d'Hollande qui s'est fait élire sur le maintient du pouvoir d'achat des prolétaires et des classes moyennes, bouffon qui depuis son élection passe son temps à diminuer le montant de nos retraites de base en retardant au maximum leurs revalorisations. Pour faire encore plus social il mensualise puis bloque nos retraites complémentaires qui étaient payées d'avance par trimestre. La mensualisation nous fait perdre de surcroît un an d'intérêts... Un gros plein de soupe qui n'a pas les couilles d'appliquer le programme sur lequel il a été élu, qui fait dans l'intermittente du spectacle pour baiser à couilles rabattues, essayant de nous faire croire qu'il en a quand même une paire au cul... Dommage en politique que ce soit celle de Pierre Gatazz que je me disais en zyeutant machinalement la surface de l'eau dont les reflets ont sur moi un pouvoir hypnotique...

-Farida ! Farida ce n'est pas le sujet, revenons à ce qui motive notre enquête journalistique ! Un peu de sérieux que diantre, cornecul !

-Monsieur Naghit revenons aux faits, qu'avez-vous vu ?

-j'ai aperçu une barque à moteur électrique qui remontait la Gironde, sans le moindre bruit, à la barre une femme dépoitraillée, d'allure fière, le genre qui te fait baisser les yeux quand tu lui regardes la pointe des seins.

-Quelle heure était-il?

-Je ne peux pas vous dire, plus d'1h du mat, ma montre à gousset Lip s'étant arrêtée à 1h, une montre qui me vient de mon grand-père. Il

l'avait achetée en 1973 à Charles Piaget pour soutenir les ouvriers de Lip... déjà à l'époque un gouvernement d'enculés de première...
-Farida ! Reprenez votre interview en main !
-Aux faits monsieur Naghit, tenez-vous en aux faits
Moi ce qui m'intéresse, ce sont les remontées de bancs de pibales, pas vrai ? Alors la donzelle les loches à l'air m'a laissé le popol mou du genou installé dans sa sieste digestive. Aujourd'hui les passages de ces alevins d'anguilles ne sont plus aussi fréquents que par le passé, partant, j'ai beaucoup de temps pour laisser mes idées vagabonder.... J'en profite pour réfléchir au sens de la vie, à la raison de l'existence de l'univers, aux conneries des tenants du big bang, à ce que sont les limites de l'infini, à Dieu, s'il existe qui l'a créé, à l'intérêt d'avoir des humains sur terre, à l'utilité du progrès alors que notre fin est programmée, celle de la terre aussi. Parfois pour me reposer les boyaux de la tête je me contente de gueuler après ces sociaux traîtres de gros porcs que sont ces nantis de socialistes qui enculent à sec le peuple dont ils devraient être les représentants. Mais ces cons s'en croient les propriétaires, comme tous ces enculés de politiciens. Politiciens qui se votent une retraite de 1200€ au bout de cinq ans de mandat en nous disant que pour nous, fainéants de travailleurs, il nous faut quarante cinq ans de cotisations pour la même somme maximum.
-Votre interview dérape une fois de plus Farida, soyez un peu professionnelle, faites dire à ce monsieur ce que vous avez répété avant que je vous donne l'antenne. Respectez le texte, nom de Dieu, faites en sorte que nos dialoguistes en informations spontanées ne se casse pas le cul pour rien ! Nous ne sommes pas là pour faire réfléchir le téléspectateur, ni pour organiser la révolution. Nous avons une carte de journaliste, nous avons une mission, nos investisseurs ne veulent surtout pas informer. Nous sommes payés pour faire peur, pour faire rêver et surtout pour abêtir ces couillons de téléspectateurs, pour les conditionner à voter comme on leur dit, pour que ces cons se croient en démocratie. Si vous observez de la

part du peuple la plus petite volonté de vouloir prendre en main son destin, hurlez au populisme, au fascisme, à l'anarchie, que toutes les maladies vont s'abattre sur eux, que leurs économies vont se volatilisées... s'ils avaient des économie, ce qui heureusement n'est pas le cas, ces abrutis seraient fichus de ne plus bosser... Insistez là dessus, c'est l'idée de perdre ce qu'il aurait éventuellement pu avoir s'ils avaient été moins passifs, qui révolte le plus.... Putain si le peuple se met à penser, dans quelle merde vont être nos élites, qui va gagner le pognon dont ces braves gens se gavent... Ils ne peuvent pas le laisser aux prolétaires, ne sont pas habitués aux belles choses, ont des goûts de chiottes, ne sauraient pas quoi en faire, sont capables d'acheter des canevas de sous-bois avec des biches à la place d'un Noir de Pierre Soulages. Si le peuple arrête de se faire exploiter nos généreux penseurs ne sont pas prêts de bouffer... Soyez responsable, sinon vous n'aurez même pas droit aux miettes.... Déjà avec vos origines....

-Revenons aux faits monsieur Naghit, s'il vous plaît... vous allez me faire avoir des ennuis.

-Le regard hypnotisé par les reflets de l'onde, bien qu'athée, il m'arrive maintenant d'attendre le passage de Dieu avec qui je discute volontiers lorsqu'il me fait le plaisir de me consacrer un peu de son temps.. Il faut dire qu'il a le moral en berne quand il contemple le résultat de sa création au niveau des primates sans queue ni pelage.

-Monsieur Mihaïl vous vous moquez de moi ? Que vient faire Dieu au bord de la Gironde ?

-Pas le moins du monde, ma petite dame. Vous y êtes bien vous !... Dieu a autant le droit d'être là que vous, non ? D'ailleurs, la première fois, j'ai été très surpris. J'étais incrédule, comme vous, voir même plusieurs crédules, le genre à qui on ne la fait pas, style ah oui t'es Dieu, alors moi je suis Napoléon 14... ça m'a fait un choc lorsque j'ai aperçu mon reflet sur l'eau, j'étais coiffé d'un bicorne orné du nombre quatorze... quand Dieu s'est adressé à moi par ces

mots qui sont restés gravés dans ma mémoire, je n'ai plus eu de doute, j'étais soit en sa présence, soit bourré comme une queue de pelle. D'ailleurs il me reste la tablette d'argile où ils sont inscrits, parce que le dictaphone de Dieu est branché sur une imprimante 3D à tablettes d'argile.... Lisez !

-Je ne comprends rien à ce charabia... quel dictaphone...
-Il faut le lire de droite à gauche... C'est son côté mégalo, il enregistre toutes ses paroles pour, plus tard, en avoir le verbatim lorsqu'il rédigera ses mémoires.
-Soyez sérieux monsieur Mihaïl, vous êtes en direct sur une chaîne d'information nationale avec un présentateur en studio tellement propre sur lui qu'il prend une douche entre chaque phrase, change de slip tous les quarts d'heure.
-Dis donc la septique à géométrie variable : si je vous dis : « je glandais à Massabielle, ramassant de-ci de-là des os et du bois, je traversait le ruisseau pour aller à la grotte quand j'aperçus, apparaissant devant moi, une dame vêtue de blanc. Elle portait une robe blanche, un voile blanc également, une ceinture bleue et une rose jaune sur chaque pied » là vous le croyez ? Mieux, vous êtes capable de lancer une souscription pour faire construire un super bâtiment à bondieuseries commerciales pour couillonner tous les crédules à QI d'huître perlière.
-Des roses sur les pieds, la pauvre femme risque de se piquer les orteils, elle peut contracter le tétanos si ses vaccins ne sont pas à jour... à moins que ce ne soit la première rencontre de Bernadette avec la Vierge le jeudi 11 février 1858... Vous essayez de me piéger parce que je suis musulmane.
-Une vierge qui se pointe 1858 ans après son accouchement, là non plus rien ne vous choque... Remarquez, même si elle n'est plus garantie extra vierge première pression à froid... elle peut se livrer aux galipettes sans risque... Elle doit être ménopausée depuis belles lurettes.... Musulmane, vous êtes musulmane ? Alors vous savez

pourquoi le Coran interdit l'alcool? Pour éviter que des donzelles qui abusent un peu trop de la bibine finissent par avoir des hallucinations comme la Bernadette....
-C'est malin !
-Que la Bernadette aille dans une grotte pour ramasser des os et du bois ne vous interroge pas ? Vous ne vous posez pas la question de ce qu'elle allait pouvoir faire avec des os... Vous gobez ça comme une truite gobe la mouche de mai !
-Farida ! Ce sont les infos, nous ne sommes pas à Confessions intimes !
-Avez-vous vu, Monsieur Mihaïl, quelqu'un qui pourrait avoir un lien avec le triple crime de Saint-Christoly-de-Médoc ?
-Rien, que dalle, nib de nib que je vous dis depuis le début... sauf la gonzesse topless sur sa barque électrique, puis vers 2h30 du matin, Dieu est passé me voir, donc rien de significatif.
-Comment savez-vous que Dieu est passé à 2h30, votre montre était arrêtée.
-La sienne marchait parfaitement madame la raisonneuse, une sorte de cadran solaire, mais réglé pour la lune... Ce n'est pas n'importe qui le mec, il peut même faire inscrire l'heure en lettres lumineuses sur les nuages... plus fort que le Sony ICF-C717J... Tu lui demandes un truc, il le fait. Il a des solutions pour tout.
-Pourquoi Dieu viendrait-il vous voir ? Spécialement vous ?
-Déjà, il est content de venir discuter avec un type dans mon genre qui ne croit pas en lui. Il en a sa dose de tous les lèche-culs qui parlent en son nom sans jamais le consulter. Cette fois ci, je l'avais appelé pour soulever plusieurs points, pour tirer les choses au clair comme disent les notaires partouzards. J'attendais, comme je vous l'expliquais tout à l'heure, le passage des pibales, je cherche à percer le secret de ces poissons espérant qu'un jour, une anguille plus bavarde que les autres, me confonde avec Menie Grégoire... Quand il est arrivé en toute discrétion. Je ne peux pas vous le décrire, vous savez Dieu c'est surtout une sensation, une force spirituelle, ça ne se

représente pas, c'est juste du ressenti, une présence qui vous pénètre par surprise à l'intérieur comme disait Marie en constatant que son diagnostic de grossesse était positif....
-Vous voulez faire croire à nos téléspectateurs que Dieu se déplace pour vous ?
-Marie l'a bien fait croire à Joseph, mais avec elle il n'a pas fait que discuter... si j'en crois les rumeurs... C'est même écrit dans le Voici de l'époque... La Bible. Il faut dire que de dos elle avait la croupe des plus accueillante, mettez vous à sa place.... Ce mec Dieu n'est jamais décrit avec une femme... c'est la masturbation ou c'est l'occasion qui fait le larron... Déjà, c'est forcément un homme, si Dieu était une femme, avec Marie ça donnerait le genre gazon maudit, mais question reproduction... Les chrétiens en seraient au stade des juifs à attendre le messie et Christine Marcelle Valérie Cécile Marie Martin épouse de son cousin germain Louis Boutin en perdrait son latin... Accordez moi que pour un mec éternel, n'avoir qu'une relation sexuelle sans lendemain de toute sa vie c'est encore loin des performances de Dominique Gaston André Strauss dit Strauss-Kahn... des coups à se payer un cancer de la prostate.
-Arrêtez ! vous blasphémez....
-Vous êtes en France ma petite dame, la notion de blasphème est abolie par les articles 10 et 11 de la déclaration des droits de l'homme et du citoyen de 1789.
-Ce n'est pas une raison, vous troublez l'ordre public.
-Dis donc Laziza, le seul public c'est toi ! Moi je ne demandais rien à personne, c'est toi qui est venue troubler mon ordre pour remplir l'antenne de ta télé poubelle, juste créée pour passer des pubs... Pubs que payent les consommateurs, et qui enrichissent des déjà gorgés de fric.
-Revenez à votre témoignage sur ce triple crime...
-Je reviens aux visites que me fait le petit père Dieu. Vous ne semblez pas admettre sa présence au bord de la Garonne... Vous croyez bien à la probabilité de présence des électrons qui ne s'annule que lorsque

la distance au noyau tend vers l'infini, ce qui veut dire que le nuage électronique n'a pas de limite précise... je simplifie, il peut donc être dans plusieurs endroits simultanément ?
-C'est une vérité scientifique.
-Vous l'avez constaté de vos yeux ? Non ! Pour vous Dieu qui s'est cassé le cul à créer tout l'univers, meubles, baby-foot, flippers, mobylettes, parcmètres, radars, caméras de vidéo-surveillance compris... et ce en six jours, pour que le septième jours les gens se reposent et viennent donner à la quête de la messe célébrée par un de ses employés, qui lui travaille le dimanche, ce mec ne serait pas capable d'être à plusieurs endroits à la fois. Il serait moins doué que les électrons qui, en dehors de tournoyer comme des cons autour du noyau, ne se sont jamais trop foulés à créer des trucs qui font joli dans les yeux ou des théories qui font se prendre la tête pour même pas arriver à les comprendre...
-Admettons, admettons, que lui avez vous dit ?
-Au sujet des anguilles je lui ai demandé de rectifier une petite erreur relevée dans la cacheroute, puisque j'ai observé que les anguilles possèdent des écailles et des nageoires, contrairement à ce que ses représentants en bigoterie diététique théologique tentent de nous faire gober depuis cinq-mille-sept-cent-soixante-quatorze ans.... Faits largement confirmés par le monde des ichtyologues et autres savants qui n'ont rien d'autre à foutre que de passer des années à épier les poiscailles du genre serpentiforme. De plus il paraît qu'ils sont payés pour ça ces voyeurs ! Je lui ai aussi posé la question de savoir pourquoi il nous avait fait sortir de la mer. Était-ce pour venir nous pourrir la vie sur terre, nous avoir chassés du Paradis aquatique en quelque sorte. Imaginez, si nous étions restés dans la mer... Tu ne t'emmerdes pas à te porter dans l'eau, la flotte le fait pour toi. Le bonus : pas besoin de logements donc pas de crédits ou de loyers ni de ménage à faire, bouffe gratuite, pas de restaurant ni d'hôtels à payer, transports gratuits sans trop d'efforts, même si t'es en sur-poids, t'as même tendance à moins forcer que le maigrelet... pas de

cuvette des chiottes qui déborde, pas de pollution de particules fines, pas de travail nécessaire, pas de queue à pôle emploi, pas besoin d'argent, pas de banques, pas de patrons, pas de chefs, pas de plombiers ni de fuites d'eau, pas de fringues, pas de lessive, de repassage, de vaisselle... rien de tout ce qui nous contraint... juste la pensée, la réflexion, à l'ancienne, comme les grecs de Démosthène, enfin les hommes, pas les esclaves... N'avaient pas les machines à l'époque... Je lui ai fait remarquer ensuite que si Dieu est amour, les religions qui lui sont toutes consacrées passent leur temps à faire s'entre-tuer leurs adhérents. Dieu m'a répondu qu'il ne s'occupait pas de ces différentes succursales auto-franchisées depuis le début. Question croyances invraisemblables et autres fariboles il avait laissé l'initiative aux humains, humains qui en étaient d'ailleurs les inventeurs. Ce qui l'a beaucoup amusé c'est la création des différentes marques de religion par des hommes se réclamant soit disant de lui. Au départ les religion ont été inventées par des hommes intelligents pour obliger les cons à respecter quelques notions d'hygiène et de vie en société... par exemple se laver les mains avant de se gratter les couilles, de ne pas mettre les pieds sur la table de salon quand tu regardes le foot à la télé, ramasser tes canettes de bière à la fin du match et les porter dans la poubelle spéciale pour le tri sélectif... Il a même regardé ça d'un bon œil, ça mettait un peu d'ordre, éduquait, réduisait les transmissions des maladies... le problème maintenant c'est que les cons ont pris le pouvoir dans toutes les marques. Il déplore leur intelligence plus que mesurée, leur tendance à tout ramener à l'aune de leur petite imagination du style « ce qui est bon pour tous, doit d'abord être bon pour moi ». Tu vois déjà la générosité du truc. Au début il avait vu se créer la succursale de la religion juive à Jérusalem, ou le temple réunissait business et religion à sa gloire. Une maison sérieuse avec des employés très serviables... pour certains, à notre époque, il observe une certaine dérive. De voir à Jérusalem, en juillet, par quarante degrés à l'ombre, les ultra-orthodoxes habillés pour résister à l'hiver polonais

l'amuse beaucoup... Un jour, un type du genre intégriste, un mythomane qui se faisait passer pour un fils qu'il aurait eu après le viol d'une certaine Marie, femme d'un charpentier, cet illuminé a trouvé que religion et pognon n'allaient pas bien ensemble. Il a foutu le souk sur le carreau du temple en chassant les marchands, puis à créer une deuxième enseigne, avec une poignée de copains à lui, le genre « beatnik fait tourner le tarpé »: il a baptisé le truc religion Chrétienne dont des hommes, membre influents du clergé s'habillent en robe comme des travelos... plus, ils excommunient les homosexuels, à l'instar de L Edgard Hoover, plus ils sont PD comme des focs... je parle pour les moins pédophiles d'entre eux... Un peu plus tard d'autres se sont mis à leur compte sur le même modèle qui ne mélange pas religion et pognon, mais plus adapté à leur climat, à leur tempérament macho et à leur alimentation flatulente... la religion musulmane, un peu calquée sur celle des juifs question bouffe et coupage de bite, mais sans le business. Puis chez les chrétiens catholiques, certains se sont dit que le business et le crédit usuraire ce n'était pas si mal pour se faire un maximum de tunes, ils ont monté la branche protestante, comme les catholiques pour la religion, avec un doute sur l'intégrité du pucelage de Marie, qui pour eux, fait passer son mari Joseph pour un cocu impuissant, mais avec le business lucratif des juifs... C'est pour ça qu'à New-York ils s'entendent si bien.

Nachs le cerveau saturé par toutes ces informations capitales, aussi pour exprimer sa joie d'avoir vu son copain Naghit détourner leur putain d'émission, éteint le téléviseur, et cours se vider le gros colon en emportant son livre de défécation du moment, « Ce que je crois» de Bernard Kouchner... Quand tu vas aux gogues avec un auteur qui te fait chier, tu gagnes du temps, lui disait son grand père qui était un fin observateur de la vie quotidienne et des transits intestinaux.

Pierre Kévin Simon, bermuda et polaire de chez Leclerc, les pieds à l'aise dans des crocs baya noires, les oreilles égayées par « L.A Woman » que lui hurle dans son lecteur MP3 Jim Morrison,

accompagné des Doors, attend Lev.... Il passe le temps en épanouissant quelques crocus, quelques anémones des jardins municipaux que les paysagistes et les jardiniers ont plantées avec précision et amour. Avec une prédilection pour celles bien alignées qui dessinent les armoiries de la ville. Ce n'est malheureusement pas encore la saison des tulipes, ses fleurs préférées pour ce sport encore confidentiel, il reviendra exercer son art au début du printemps. Pour épanouir le crocus, l'anémone ou mieux la tulipe, c'est simple, la main gauche tournée vers le ciel, faire passer la tige de la fleur entre l'indexe et le majeur tout en remontant jusqu'à arriver en buttée du calice, à ce moment précis la main droite tournée vers le sol vient s'écraser avec force sur la main gauche... L'épanouissement corolle et calice est total, bien que la beauté de la fleur, portée à son apothéose en quelques fractions de secondes, soit des plus fugace... dommage que le crocus ou la tulipe ne soient pas du genre fleurs remontantes. Il va encore falloir attendre l'automne ou le printemps pour se livrer à nouveau à ce gracieux geste horticole... Lev n'avait qu'à être à l'heure au rencard pour se pointer chez Nachs.
Lorsque Lev arrive en loucedé, pour accompagner son ami, Il veut préalablement profiter des beautés du jardin. Machinalement il arrache quelques pancartes métalliques plantées dans le sol devant les espèces botaniques dont elles indiquent le nom latin et le nom commun, puis prenant son élan pour un deuxième tercio, après une course brève, tel un rehiletero il plante avec hargne ses banderilles au pieds d'espèces différentes... Les promeneurs sont ainsi invités à réviser leurs connaissances botaniques. Dommage que je n'y ai pas pensé avant de partir, j'aurais mis un bénouze moule burnes, une veste trop petite brodée comme une tapisserie d'Aubusson pour faire plus vrai que Manuel Bentitez Pérez à Albacete... Toutefois, en faisant gaffe à ce qu'aucun spectateur ne saute dans l'arène pour se faire tuer par le « toro ». Pendant les exploits tauromachiques de Lev, qui ne lui rapportèrent ni oreille ni queue, aucun mouchoir blanc ne s'étant agiter sur les gradins à la suite de sa remarquable

prestation, les jardiniers tenant fermement à leurs attributs s'y étant opposés... peut être l'oubli de la mise à mort en était-elle la cause. C'est à cet instant précis que les yeux de PK tombent sur un tag ostracisant les invertébrés arthropodes de la classe des arachnides : « les araignées sont connes » slogan qui lui accroche un sourire de tristesse devant cette affirmation épistolaire à support bétonneux d'un individu épouvanté par des êtres qui, à son avis, n'ont pas la possibilité intellectuelle suffisante pour regarder les Cht'i à Ibiza alors que lui, le censeur des aranéides, n'est même pas fichu de sécréter le moindre fil de soie, cette solution protéinée synthétisée par des glandes situées le plus souvent à l'extrémité de l'abdomen. Ce que sécrète l'extrémité de son abdomen à ce scribouillard des clôtures maçonnées ne produit pas de soie mais nécessite du papier de même nom pour lui torcher le cul....

Lev c'est Lev David Bronstein, sapé d'un tee shirt la Joconde Dali blanc, d'un jeans New collection Kosmo lupo original KM48 à zones délavées, trous rapiécés par des coutures renforcées, aux pieds des baskets trendy bi couleurs beiges, question musique d'ambiance, pour lui à cet instant, c'est « Midnight Rambler » qui lui sature les tympans, Mick au maximum de sa forme le subjugue sur le rythme en accélération de Charlie, batterie guidant les riffs de Keith, Bill suit tranquillement à la basse.... Brian les observe de là-haut.

Lev passe maintenant devant le long mur des ateliers municipaux.... Mur fraîchement repeint pour effacer les tags imbéciles des mâles dominants de l'endroit. Pas par l'esprit qu'ils dominent ces cons graffiteurs, qui imitent bêtement des analphabètes yankees... Ces bas de plafond marquent leur territoire en taguant les murs, exposant ainsi à la vue de leurs voisins l'étendue de leur connerie qui laisse entrevoir la notion d'infini... Peut être veulent-ils singer les lions qui le font eux sur les arbres avec leur glande anale en se frottant le fion sur l'écorce. Mur immaculé sur lequel un fin observateur venait d'écrire à la bombe de peinture rouge « tiens ces cons là ils ont repeint le mur »... avant de rejoindre PK.

Nos El Ingenioso Hidalgo Don Quixote de la Mancha enfin réunis chevauchant leurs mobylettes bleues motobécane AV 88 customisées selle biplace, chicanes de pot d'échappement retirées et guidon Harley, alimentées en carburant 86% essence, 4% huile et 10% éther... Un modèle construit dans les ateliers de Pantin dans les années soixante... Ces deux joyeux hirsutes se pointent la gueule enfarinée chez Nachs,.
Poussant sans ménagement la porte de la cuisine, les deux cavaliers sans éperons aux montures pétaradantes, se précipitent sans le moindre bonjour sur le frigo, arrachent la porte pour se saisir chacun d'une bouteille de Trappistes Rochefort, bière belge titrant 11,3% volume d'alcool.
-Putain Lev, vise un peu Nachs qui s'est déguisé en gravure de mode.
-T'es sûr, PK, que c'est Nachs qui se cache sous ces fringues de clown, le genre d'Auguste à se prendre des coups de pompes dans la partie derchue de son anatomie.
-Arrêtez de vous foutre de ma gueule les incultures de l'esthétique, ça vous fait mal aux seins de me voir sapé en Dior. Ça vous trou le cul que je sois élégant aujourd'hui... Vous allez être encore plus bluffés quand je vais vous en donnez la raison, tas de ploucs de la banlieue est.
PK, qui n'en a rien à faire que Nachs se déguise en n'importe quoi, « tant qu'il ne m'oblige pas à me saper comme lui », retourne à son idée de départ, d'un sac à dos, sort un skate Penny Plastic Cruiser 6" X 22.
Lev, qui ne se passionne pas davantage pour le nouveau trip fashonista de Nachs, retourne à sa meule bleue, de la valise sandowée sur le porte-bagages extirpe un Phantom RTF Mode 2 modifié.
PK, poids du corps sur la jambe gauche, pied droit pour la poussée, les ailes écartées, le port de tête de l'autruche qui se prend pour un colibri, traverse les six mètres de la cuisine en équilibre instable sur sa planche, singeant Andy Irons sur le spot génial de Teahupoo, spot connu pour ses gauches fabuleux, avant qu'il ne se fasse fracassé par

une vague sur le fond corallien qui affleure. Fier de la réussite de son take-off, Pk pousse le cri des Comanches d'Oklahoma lorsqu'ils sont attaqués par des Siouans énervés par une semaine de danse de la pluie qui n'a pas donnée le moindre résultat tangible, les obligeant à boire sec et sans glaçon leur eau-de-feu.

Lev s'entraîne, aux commandes de son drone, à projeter du liquide sur des cibles identifiées... pour cet entraînement il n'utilise que de l'eau déminéralisée, les colorants la remplaceront lorsque la maîtrise sera parfaite. Les résultats sont visibles sur sa tablette Samsung note 10 renseignée par la caméra Hero3 couplée à l'engin. La cuisine est vite transformée en un joyeux bordel, genre souk de Jérusalem et Marrakech réunis. Comme disait mon grand père, avec son bon sens paysan : « dans un tel bordel une vache n'y retrouverait pas son veau ».

-Camarades, Camarades, s'égosille Nachs pour essayer de se frayer un chemin dans leurs trompes d'eustache.... Lui qui est plus porté, par goût, sur celles de Fallope... Arrêtez moi tout de suite ce tohu-bohu bande de cons ! Vous vous pointez chez moi, entrez comme dans un moulin, pas un de vous ne me calcul, personne pour me dire bonjour, pour remarquer ma présence... J'existe merde, vous ne m'avez pas vu, vous avez de la merde dans les châsses, les mirettes en trou de pine de taupe, les quinquets dans le potage au vermicelles... ça ne vous écorcherait pas la gueule, bande d'enculés de première, de vous conformer à un minimum de respect... la politesse, vous avez percuté que ce n'est pas un terme de science fiction, c'est la base de la vie en société... tas de sacs à merde !

-Ne te fâches pas ma grande, viens que je te lûche la goule avec l'application d'un clebs qui débarbouille un fion qui vient de pondre.

-Moi je me contenterai de t'écrabouiller trois ou quatre phalanges, je ne suis pas un fan de l'anulingus, du rimming comme dit ma copine British qui n'a pas sa pareille pour fourrer son nez dans les affaires des autres...

-Posez vos bouteilles, éteignez vos smartphones, coupez vos MP3, vos

MP4, vos Walkman WM-GX302, rangez vos postes à galène..... fermez vos gueules, bloquez vos éructations sauvages... veuillez regagner vos places, si possible dans le calme...
-OK j'y go camarade chef.
-Chef mon cul !
-A pied, PK !, descends de ton skateboard, range le dans ton sac à dos, tu vas encore te péter deux ou trois cols du fémur, voir te faire une fracture de l'utérus.... Lev n'a pas encore balancé assez d'eau pour amortir ta chute.
-Je vide le réservoir et j'arrive s'écria Lev.
-Lev, Lev ! Ne tire pas tes jets d'eau sur les prises de courant, tu vas faire disjoncter la maison....
-C'est pas conducteur, c'est de le flotte distillée !
-Si l'eau distillée n'est pas conductrice du courant électrique... je m'en fous, je ne veux pas d'eau sur mes prises, c'est tout ! Je suis encore chez moi bordel à queue et ici c'est moi Que Je Commande ! Putain c'est pas vrai, ces cons vont me rendre dingue. C'est décidé dans ma prochaine vie, je ne fréquente plus ces vieux anars. Je change d'orientation. Je ne choisirai que des propres sur eux, des qui ne vont pas dans les églises pour planquer un enregistreur dans la cabine de confession dans le but de se payer la tête des pauvres pécheurs venus soulager leur âme, surtout pour essayer de repérer les gonzesses aux hormones ravageuses présentes dans le bled, les plus avides de se satisfaire le vagin où de se faire émoustiller le clitoris, des grimpe-aux-rideaux qui viennent se dénoncer au pauvre curé. Curé qui se doit de tout faire, pendant la description détaillée à souhait du péché de luxure, pour ne pas avoir la gaule turgescente au moment de l'absolution précédant le repentir. Je ne côtoierai que des réservés qui, à peine entrés dans le narthex, trempent le bout des doigts dans le bénitier pour se signer esquissant une génuflexion en avançant dans la nef. Des qui s'agenouillent devant l'autel et non pas des bouffons qui arrivent d'un air conquérant le bob vissé sur la tête, mal-élevés qui foncent s'essuyer les semelles fourrées à l'étron canin

sur le tapis devant le chœur, tapis qui à l'origine était surtout destiné à atténuer le bruit des pas.... pas à servir de paillasson. Irrespectueux qui font demi tour en gueulant que dans les mosquées, question tapis, c'est quand même mieux achalandé, que les curés sont du genre radins sur la longueur des poils.
-Nachs t'es pas le dernier à exploiter nos tuyaux non ? Tu es content d'avoir le forfait illimité pour laisser ton portable connecté sur le smartphone de Lev, planqué dans le confessionnal.
-Pour l'amour de Louis blanc, Lev.... tu ne vas pas devenir pire que PK ! Arrête de faire le con avec ce drone largue peinture, il va falloir des bottes pour s'aventurer dans cette cuisine.... tu t'entraînes peut être pour la cause, mais je te demande de le faire ailleurs, fais ça dehors, chez toi si tu veux.... Ma cuisine n'est pas le Larzac... Si tu continues à vouloir me faire tourner les sangs, je vais être plus expéditif que les éleveurs de moutons anti OGM pour arrêter l'expansion des manœuvres militaires... Dans quel état vous êtes vous mis avant d'arriver.... Ce n'est pas possible, vous avez mastiqué des psilocybes ou des amanites tue-mouches crues, vous êtes en plein dans les hallucinations. Vos gueules ! bordel de trompette à quatre pistons comme le dirait Ibrahim Maalouf si on lui avait demandé son avis. Je réclame le silence, silence !
Je vous signale que vous êtes ici pour vivre un moment historique.
-Tu as invité des filles pas farouches qui vont nous faire des trucs que même notre imagination ne peut concevoir, des trucs à te rendre priapique comme un DSK dans un Sofitel nordique, comme un Hollande descendant de scooter rue du Cirque.
-Pas vrai, tu ne penses qu'à ça, j'ai dit historique, pas pornographique... tu imagines réellement que je vais faire venir des putes dans ma propre maison.
-Je n'ai pas dit ça, j'ai juste parlé de filles pas farouches, à aucun moment je n'ai parlé de leur filer du fric... Pourquoi ne pas les payer pendant que tu y es. Je parle de femmes libérées qui font ça pour l'amour de l'art, des généreuses, des altruistes dans notre genre...

-Tu dis un truc historique ? Tu va nous rembourser le pognon qu'on t'a prêté ?
-Nous allons tenir un congrès révolutionnaire extraordinaire, un meeting avec des motions, des votes, des réflexions philosophiques, un truc où tu dis des mots tellement chiadés que tu ne les comprends pas toi même, que tu dois attendre les explications de Natacha Polony pour comprendre ce que tu viens de dire. L'important c'est de les dire en secouant légèrement la tête d'un air pénétré. Un truc auquel les révolutionnaires du monde entier se référéreront.
-Après ton congrès, on pourra se soûler la gueule pour fêter l'événement... être bourré à ne pas reconnaître ses propres pieds, partir faire un footing avec ceux du voisin, ne pas pouvoir se lever sans gerber tripes et boyaux pendant deux jours, même en avalant des bouteilles de métoclopramide du professeur Louis Justin-Besançon... à mon avis c'est cette partie post-clôture qui restera dans les annales.
-Putain Nachs tu as toujours l'ambition de vouloir nous prendre pour des philosophes, toi, tu as le nom qui va bien pour ça, ou pour faire animateur de télévision, enfin des machins pour intellectuels, mais nous à tes réunions on se fait chier grave. Avec Lev nous sommes des mecs d'action. Parle nous plutôt d'aider les automobilistes à avoir des bagnoles qui ont la pêche.
-C'est vrai ça, PK a raison, j'ai même une super idée pour leur donner de l'énergie à leurs caisses.... enfin c'est la pub qui m'a inspirée.... tu sais celle qui dit « il y a de l'énergie dans le sucre »...
-Oui, faut mettre des sachets de sucre vanillé dans les pistolets des pompes à essence.... avec un petit entonnoir tu vides ton sachet à l'intérieur... comme le pistolet est accroché sur la pompe l'orifice vers le haut, ton sucre descend dans le tuyau.... prêt pour être projeté dans le réservoir du premier client, poussé par l'essence ou le gazole.
-Pour les écolos tu peux remplacer le sucre par de la cassonade..... c'est la formule baisez vous, vous même... pour le dessert je conseil à monsieur notre célèbre moteur au caramel...

-Dommage qu'à l'époque on ne pouvait pas en mettre dans le réservoir de l'hélicoptère de Nicolas Hulot, ce fan de la taxe écologique. Racketteur fiscal de tous les pauvres exploités qui n'ont pas assez de fric pour s'acheter la nouvelle voiture hybride qui va bien. Quand on veut on peut, ils peuvent se l'offrir pour une modique somme équivalente à deux ans de leur salaire s'ils acceptent de ne pas bouffer, ne pas se loger, ne pas s'habiller pendant cette courte période... Lui, brave défenseur de la taxe carbone, il se ballade en hélico. Ce nouveau converti plus intégriste que René Dumont... Dans les années 80 ce pourfendeur du gaz à effet de serre utilisait sans vergogne son hélicoptère pour conduire Dominique Cantien, sa petite copine de l'époque, de leur maison de Rambouillet jusqu'à TF1.... C'était un cas de force majeur, une urgence intégrale pour nous concocter de bonnes émissions, deux pour le prix d'une... une émission pour abrutir le prolo l'autre de CO2.... Ne plaisante pas, abêtir le prolo ne souffre d'aucun retard, c'est prioritaire sur le bilan carbone. Peut être un hélicoptère électrique... à moteur à élastique.... Je ne sais pas, des engins capables de faire bander le bouffeur de tofu ou de flocons de quinoa. Pour améliorer son score ils faisaient des tours du monde.... Plus d'une trentaine avec Dominique Cantien d'après ce qu'elle raconte dans ses mémoires, ou un bouquin dans le genre... pendant les neuf ans de leur vie commune.... Pas en vélo ni à la rame.... écologie quand tu nous tiens.... Si Dominique Cantien n'est pas vraiment un top modèle qui fasse fantasmer... sauf peut être l'ex-patron du FMI... mais lui était capable de bander devant un trou d'évier... elle à permis à notre écologiste fait homme, d'avoir son émission Ushuaïa... c'est beau l'amour de... son plan de carrière... L'écolo de mes deux, le gourou des Présidents a aussi fait le Paris Dakar en 1980 comme pilote sur le Range-Rover à moteur V8 portant le N° 206 le tout sponsorisé par TF1 et France Inter. Avec l'argent de la redevance et de nos impots. TF1 n'a été privatisé qu'en 1986. Dans son écologique véhicule il était accompagné par Jean-Paul Flory son copilote et Etienne-Georges Batifoulier son mécano

qui lui, a remis ça en 1982 et 1984. Sur Toyota FJ en 82 comme mécano et sur HJ60 en 84 cette fois comme copilote... L'aventure de pilote du sémillant amoureux de la nature se termine de façon renversante par un abandon... L'argent du contribuable c'est retrouvé cul par dessus tête. C'est dire si c'est un homme qui a la fibre écologique, un mec sincère, pas du tout le style arriviste ni opportuniste. Depuis sa naissance, son bilan carbone doit être équivalent à celui d'Angoulême depuis Iculisma.

-Pierre Kevin, au lieu de dire connerie sur connerie, heureusement personne ne nous écoute... sinon dans l'époque intégriste de culs coincés, dans ce monde du politiquement correcte où nous vivons, tu risquerais d'avoir des ennuis... surtout si tu dis la vérité... Là tu tombes sous le coup de la loi... démoralisation du gogo électeur de base en égratignant l'idole des amateurs de nature le cul dans leur Cross-over citadin. T'as le pot que la peine de mort soit abolie.... maintenant avant de parler tu dois soumettre ton texte à toutes les organisations de défense des privilèges communautaristes... il n'est pas loin le jour où le dictionnaire ne contiendra qu'une centaine de mots agréés, mots consensuels en diable avec lesquels tu devras te démerder pour exprimer la pensée autorisée... Avant qu'on ne te fournisse une clé USB contenant des phrases toutes faites, les seules agréées par les casses-couilles patentés. Il nous reste quelques jours avant que cela n'arrive, alors profitons-en encore une dernière fois...

-Pourquoi fais tu ce congrès l'intello des comptoirs en zinc ?

-Nous ne pouvons plus garder le nom de notre mouvement : Front Anarchiste Révolutionnaire de Charente.... F.A.R.C parce qu'il y a des mecs en Colombie qui nous ont piqué le nom, ces pâles imitateurs ont appelé leur mouvement Fuerzas Armadas Revolucionaria de Colombia ce qui fait F.A.R.C comme nous. Ces cons ont organisé un genre de centre de remise en forme, thalassothérapie régime macrobiotique qui à eu un immense succès. T'as même eu des Peoples qui se sont inscrits comme la mère Ingrid Betancourt... Elle leur a fait une pub monstre quand elle est revenue bronzée de son

séjour, pas un kilo en trop, la super forme, maquillée, pas un cheveu blanc... sexuellement une folle envie de grimper aux rideaux qui lui a fait larguer son husband, qui justement était trop use et pas assez bande pour la suivre, plus assez fort, fatigué par de longues pratiques manuelles. Il attendait dans l'onanisme le retour de sa belle, comme Pénélope dans la tapisserie, conçue pour envelopper le corps de Laërte, espérait le retour d'Ulysse.

-Tu convoques Timochenko, Pablo Catatumbo, Ivan Mârquez, Pastor Alape, Joaquim Gomez, Mauricio Jaramillo, Alfonso Cano, Manuel Marulanda, Jacobo Arenas, Raul Reyes, Ivan Rioset Jorge Briceno et tu leur dis de changer le nom de leur club de vacances.

-Pour Alfonso Cano, Manuel Marulanda, Jacobo Arenas, Raul Reyes, Ivan Rioset Jorge Briceno ça ne va pas être possible ils sont plus ou moins morts...

-Pas grave, tu convoques les autres pour qu'ils changent de nom... ce n'est pas ces clampins forestiers qui vont faire la loi ici... Quel est le problème d'ailleurs? Nous ne sommes pas sur le même territoire...

-Depuis 2012 ils ne prennent plus de touristes, ils ont mis la clé sous la porte pour leur activité remise en forme.

-Lev a raison, pourquoi changer de nom... chacun chez soi et les vaches seront bien gardées...

-Le problème est que les clients se tournent vers nous croyant que nous sommes une succursale qui a repris le flambeau, que je passe mon temps à décliner les demandes de stages... que je n'ai plus le temps de rien, que la menthe poivrée envahit mon jardin n'ayant plus le temps de préparer mes mojitos.

-Je n'osais pas te le dire, je te trouve une petite mine... je croyais que tu couvais un truc emmerdant, genre cancer, sida, fièvre Marburg, ébola.... J'étais loin de penser que c'était à ce point.... Te pourrir la vie jusqu'à te priver des mojitos quotidiens.... Notre père qui êtes aux cieux, que ton nom soit sanctifié, que ton règne vienne, que ta volonté soit faite sur terre comme au ciel. Donne nous aujourd'hui notre Mojito de ce jour, Pardonne nous nos offenses comme nous

pardonnons aussi à ceux qui nous ont offensés et ne nous laisse pas entrer en tentation. Mais délivre nous du mal car c'est à toi qu'appartiennent le règne, la puissance et la gloire pour les siècles des siècles.
En choeur
-Amen
-Comment veux tu nous appeler maintenant ?
-Je ne sais pas, quelqu'un a une idée ?
-J'ai réfléchi à un truc, comme nous ne sommes pas nombreux... j'ai pensé à Cellule .
-C'est bon ça, cellule, ça fait super clandestinité, mecs agissants, ça file les pétoches au bourgeois non ?
-C'est pas un peu court comme nom ?
-Nous sommes des libertaires non ?
-Je préfère Utopistes.
-Putain ça veut dire la même chose.
-Peut être, mais libertaire c'est plus ouvert.
-Pas assez créatif, on ne sent pas qu'on va tout changer, foutre cette putain de société cul par dessus tête... j'en démords pas, je veux qu'Utopiste soit dans notre nom.
-Puisque tu le prends comme ça, je veux libertaire ou je me casse de votre truc et monte mon propre mouvement.
-Moi pareil, si le mot Utopiste ne figure pas dans notre nom, je fais comme PK, je me tire et monte une cellule concurrente.
-Putain, ça recommence.... pire que des gamins.... essayez de trouver un compromis.
En chœur
-Chose due comme disait Coluche.
-Pour sortir des conneries là pas de bataille sémantique.... merci Michel Bréal.... il y a des jours où tu aurais mieux fait d'aller observer les pibales.
-On avance un peu, on ne va pas passer la soirée pour trouver ce putain de nom.

-PK tu tiens mordicus à Libertaire ?
-Plus qu'à ma première chaude pisse.
-Lev tu n'abdiqueras pas sur Utopiste ?
-Plutôt voter Hollande en 2017.
-A ce point! Putain c'est mal barrés. Nous voilà au bord de l'explosion du parti.
-Tu n'as qu'à nommé un triumvirat pour gérer en attendant que l'on trouve une solution.
-Pourquoi pas avec des anciens responsables de notre groupe.
-Simplement parce-que nous sommes les premiers et qu'il n'y a pas de chef !
-Si on ne nommait Cellule Libertaire Anarchiste Utopiste Charentaise de Haute Saintonge ?
-Tu n'as pas plus court ?
-CLAUCHS, c'est vrai que ça sonne bien... Tu n'as pas plus ringard.
-Et Anarchistes Nihilistes Utopistes Libertaires.
-Si tu as d'autres idées aussi nulles.... ANUL... Les mecs je n'ai pas lancé un concours des idées les plus stupides, du nom le plus ridicule, du sigle qui te discrédite à vie.
-Propose toi !
-Faites ça au bras de fer, au 421, à pierre feuille ciseau puits, à la course en sac.
-J'ai dit que ce n'était pas négociable !
-Connais tu seulement la signification du mot Utopiste ou Libertaire.
-Il signifie ce qu'il veut, je m'en fou, je veux qu'il soit dans le nom de notre mouvement ou je me casse.
-Pareil pour moi.... vous respectez mon choix ou je me tire.
-Que fait on ?
-Toi Nachs tu as eu cellule comme nom de retenu, nous devons être tous sur le même plan...
-PK tu reconnais implicitement que ma demande est aussi justifiée que la tienne ?
-J'ai une idée de synthèse... que pensez vous de Cellule Utopiste,

Libertaire ?
-Vive le C.U.L... un pour tous, tous pour le C.U.L
-Maintenant que ce point est réglé, sans vouloir te commander PK, vas appuyer sur « play» du lecteur de clé USB, pour lancer l'exécution de l'hymne d'ouverture ! Un air qui donne encore le frisson à ceux qui ont connu cette époque... Après une réunion des plus houleuse avec moi même, j'ai choisi, à l'unanimité de mon vote à deux mains levées, notre chanson d'ouverture :
«Feel like I'm fixing to die »
du camarade Communiste Country Joe Macdonald, la version festival du 15, 16, 17 août 1969 de Woodstock.

Give me a F! (F!)
Give me a U! (U!)
Give me a C! (C!)
Give me a K! (K!)
What's that spell ? (FUCK)
What's that spell ? (FUCK)
What's that spell ? (FUCK)
What's that spell ? (FUCK)
Well, come on all of you, big strong men,
Uncle Sam needs your help again.
Yeah, he's got himself in a terrible jam
Way down yonder in Vietnam
So put down your books and pick up a gun,
Gonna have a whole lotta fun.
And it's one, two, three,
What are we fighting for ?
Don't ask me, I don't give a damn,
Next stop is Vietnam.
And it's five, six, seven,
Open up the pearly gates,
Well there ain't no time to wonder why
Whoopee! we're all gonna die.
Well, come on generals, let's move fast;
Your big chance has come at last.
don't give a damn,

Now you can go out and get those reds
'And it's five, six, seven,
Open up the pearly gates,
Well there ain't no time to wonder why
Whoopee! we're all gonna die.
Come on mothers throughout the land,
And it's one, two, three
What are we fighting for ?
Don't ask me, I don't give a damn,
Next stop is Vietnam.
Pack your boys off to Vietnam.
Come on fathers, and don't hesitate
To send your sons off before it's too late.
You can be the first ones in your block
Cause the only good commie is the one that's dead
And you know that peace can only be won
When we've blown 'em all to kingdom come.
And it's one, two, three,
What are we fighting for ?
Don't ask me, I don't give a damn,
And it's one, two, three,
What are we fighting for ?Don't ask me, I
Just hope and pray that if they drop the

Next stop is Vietnam;
And it's five, six, seven,
Open up the pearly gates,
Well there ain't no time to wonder why,
Whoopee! we're all gonna die.
Yeah, come on Wall Street, don't be slow,
Why man, this is war au-go-go
There's plenty good money to be made
By supplying the Army with the tools of its trade,
bomb,
They drop it on the Viet Cong.
Next stop is Vietnam;
To have your boy come home in a box.
And it's five, six, seven,
Open up the pearly gates,
Well there ain't no time to wonder why,
Whoopee! we're all gonna die.

-Camarades, levez vous. Je déclare ouverte la 3éme internationale de la Cellule Utopiste Libertaire. En déclaration liminaire avant de démarrer nos séances plénières, de créer nos commissions, je tiens à remercier Lev David Bronstein, Pierre Kévin Simon pour leur contribution sans laquelle le souk de cette cuisine n'aurait pas été possible.

-Tu veux qu'on te remercie aussi nous ? Avec PK, nous en profitons aussi pour remercier Nachson Isaac Barembaum qui s'est sapé comme une gravure de mode pour passer aussi inaperçu qu'un coquelicot dans un champs de colza, Nachs à qui nous devons cette internationale du C.U.L, si internationale que même dans la maison d'en face personne n'est au courant.

-J'ai dit internationale, pas hameautionale

-Nachs, arrête de te la péter, genre Kouchner dressé sur ses ergots de coq nain Sabelpoot, comme un Cohen gadol devant une assemblée de Lévi....

-J'ai une idée de slogan pour notre mouvement: C'est dans le CUL que chaque homme trouve sa place.

-Moi j'ai: C'est dans le CUL qu'on s'épanouit.

-Il y a aussi: Tous au CUL...

-Au CUL la vieille c'est le printemps.

-Il n'y a que le CUL dans la vie.....

-Arrêtez vos conneries! il faut rédiger nos statuts, déterminer notre ligne politique, définir les conditions d'adhésion....

-Nachs, pourquoi une nouvelle session sans nous prévenir une fois de

plus ?... Avec toi c'est toujours la même chose, hier soir nous n'étions même pas informés de sa tenue. En arrivant, lorsque j'ai poussé d'un coup de latte ta porte de cuisine, je n'étais toujours pas au courant que j'allais me taper une session de cogitation philosophique. Je croyais naïvement que nous nous réunissions pour siroter des Mojitos, pour picoler du Kornikopia au goulot de la bouteille en s'essuyant après la bouche d'un revers de manche, pour raconter des conneries à faire rougir un Incas victime d'un coup de soleil, pour vanner sur les blondes tatouées, piercingnées aux nichons siliconées avec la fermeture éclaire dessous pour changer la prothèse tous les dix ans, le genre de pouffes aussi connes que nos bites sont mignonnes... comme nos immortels le murmure sous le manteau vert quai Conti... ces fausses blondes à gros nichons en plasboum spécialisés cravate de notaire, pour nous graveler dans la blague de cul... que même nous ça nous file la honte de l'entendre, pour éructer des colossales plaisanteries genre spéciales mecs entre eux... enfin les trucs habituels, juste pour la poilade qui vide la tête. Tu aurais pu nous avertir que se tenait cette session, une réunion où tu fais gaffe à ce que tu dis, un truc officiel qui peut même se retrouver sur un timbre de la poste... que s'il n'est pas autocollant tout le monde te passera la langue sur le derrière. Un événement qui figurera dans les livres d'histoire entre la révolution de 1789 et l'appel du 18 juin... que les Philippe Jacquin, Camille Jullian, Annie Kriegel, Camille Ernest Labrousse, Marcel Lachiver et autres François Furet auraient pu baptiser « La pioche du 28 octobre » s'il n'étaient pas morts avant. Un congrès fondateur si sérieux que sur la photo clandestine t'es en chapeau haut de forme et queue de pie avec aux pieds des chaussettes de soie sauvage et des pompes qui brillent comme les yeux d'un smicard devant des lingots d'or 24 carats... Question look pour la circonstance j'aurai mis la belle rabillure, celle qui fait style représentant en cercueils capitonnés orné de poignées plaquées or. Sur mes orteils pédicurés de frais, sur mes ongles coupés ras j'aurai reproduit les décoration de nail-art over blog pour valoriser mes

tongs Dan Ward noires, celles qui font écologiste pété de tunes. J'aurai revêtu la chemise repassée même sur les parties qui ne se voient pas, enfilé un jeans de la marque qui fait respectable sur le cul d'un mal fagoté congénital. J'aurai même ciré mes santiags juste pour le plaisir de voir ma tronche se refléter dedans avant de partir. Je me serai pointé propre comme un sou neuf, fier comme un char-à-bancs.... Là, c'est la honte, tu m'imagines, draguant la gourgandine encartée dans la presse, en bermuda tissaïa de chez Leclerc. Coup de pot, ce soir j'ai mis les crocs noires, j'aurai l'air de quoi dans le reportage de « I télé » déguisé en locquedu alors que mon rêve c'est de parader dans la boîte à conneries en costard Gatazz, cravate Jack Lang et chaussures Roland Dumas cirées, brillantes à foutre la honte à Aquilino Morelle lui même.... En clown quoi !
Tu nous dis 3ème internationale du C.U.L, il n'y en a pas eu d'autres avant.... Pour être franc, moi j'hésite encore entre Anarchiste, Situationniste, Acharniste, Déconniste et Foutage de gueuliste. Je n'ai pas encore tranché. Laisse moi le temps de digérer les pensées d'Anton Pannekoek, de Rosa Luxemburg, de Claude Lefort, de Cornelius Castoriadis, de Léonel Houssam, de Pierre Dac... Je ne me suis pas encore réuni avec moi même, pour faire ma propre conférence de Cosio di Arroscia... Je n'ai pas encore eu le temps de rompre avec Isidore Isou, ni avec le mouvement international pour un Bauhaus imaginiste... Je me tâte même, puisque personne ne veut le faire à ma place, pour rejoindre Guy Debord ou plus sûrement Raoul Vaneigem et Léonel Houssam dont je partage toutes les idées émises dans leurs livres « traité de savoir vivre à l'usage des jeunes générations » et « Manifeste de l'Acharniste ».
-PK, les journalistes et les télés sont interdites pour préserver notre anonymat... As tu déjà vu les mecs d'ACMI, en première page de point-de-vue-images-du-monde, poser à côté de leurs femmes, voilées, string léopard et top-less genre Claire Chazal à la plage? ou Jean Moulin convoquant Front-und-Heimat, Signal et Klaus Barbie pour avoir sa tronche étalée cinq colonnes à la une avec la

manchette « Les nouveaux Résistants » avant son arrestation à Caluire-et-Cuire ? Pour rester incognito il y a mieux. Je te signale que nous sommes un groupe clandestin, pas des charlots qui paradent en tête de gondole pour faire vendre du papier à une presse qui n'a pas plus de lecteurs que de cheveux sur la tête à Moscovici.
Pour l'intitulé de session du C.U.L, je t'explique rationaliste de mes deux.... J'aime le nombre 3 parce qu'il est premier...
-Un aussi c'est premier !
-Nachs pourquoi pas 1, 2, 5, 7, 11, 13, 19, 23, 29, 31, 37,41, 43, 47, 53, 59...
-Lev tu ne vas pas tous les énumérer jusqu'à 2 puissance 57885161....
-Il est pair ton nombre Nachs...
-Je n'avait pas fini : 2 puissance 57885161 moins 1.... et là c'est premier ducon.
-Laisse moi deux minutes que je trouve le suivant... Putain, là je vais te scier.
-Pour répondre à ta question, 3eme internationale ça fait plus installée que première... tu donnes l'impression que ton mouvement est inscrit dans l'histoire, que ce n'est pas un feu de paille créé par des marioles de province... alors ne m'emmerdes pas avec ta logique de comptable à costard étriqué, de toutes façons, as tu déjà vu des anarchistes à cheval sur l'ordre ordinal ?
-T'es con, on n'est pas à cheval sur un ordinal, pas plus qu'on ne chevauche un cardinal.... avec Lev on est venus sur nos mobs bleues.....
-PK, ne te fais pas plus con que tu n'es, avoue que c'est déjà hors normes. Arrête s'il te plaît avec tes vannes à la mords moi le nœud sur les nombres en prenant l'air suffisant du verrat qui vient de couvrir ses quinze truies journalières sans l'aide du porcher pour lui guider le gicleur à sperme dans le porcin vagin... ou d'un socialiste tout content d'avoir supprimé les impôts qu'ils venait de créer dix minutes plus tôt. Tu sais le genre collabo traître à la classe ouvrière... Alors, s'il te plaît, une fois pour toute arrête de faire ton socialiste,

ton social démocrate, ton social libéral pire... ton Hollandiste.
-Putain de merde là tu dépasses les bornes.... Personne n'a jamais oser m'insulter de la sorte... Hollandiste... moi Hollandiste... J'espère que tes mots ont dépassés ta pensée, parce qu'autrement ça va être deux baffes dans ta gueule vite fait pour faire soufflet déclencheur de duel, et demain tu te pointes à six heure sur le pré avec tes témoins pour me rendre mon honneur... Je suis l'offensé, j'ai le choix des armes... Je prends l'AMX-30B à 10 mètres sans l'autorisation d'utiliser le schnorkel... Putain, non content de me comparer à un socialiste genre paillasson de patron, il m'agonit d'insultes des plus dégradantes... Hollandiste, tout mais pas ça, je préfère encore avoir le sida, la peste bubonique, la phtisie bulbaire, un ongle incarné. Merde, ça ne t'arrange pas de côtoyer dans tes réunions nocturnes des mecs qui font chefs de mouvements à prise de tête, des guignoles qui croient avoir les canines qui rayent le parquet alors qu'ils n'ont encore que des dents de lait qui s'enfoncent dans la moquette...
-Finis ta tirade... les mecs va falloir entraîner votre mémoire pour ingurgiter tous les textes sur l'anarchisme, le libertarisme, l'utopisme, le situationnisme, l'acharnisme et autres isme qui sont là pour mettre le bordel dans ce putain de système à engraissage de bourges.
-Pute borgne, va falloir remplacer la côte de bœuf par le steak de thon pour le phosphore...
-Tu peux aussi sucer des allumettes.
-Téléphone à la NSA, les ricains ont peut être encore une ou deux bombes au phosphore blanc... si ça peut t'aider pour la mémoire... C'est vrai que depuis que la plus grande démocratie autoproclamée du monde, seul pays a avoir utiliser des bombes atomiques sur les civils japonnais pour voir s'ils devenaient lumineux la nuit, un peu comme les Saintes-Vierges en plastique phosphorescentes, celles qui ne suivent pas le modèle quantique comme pour la fluorescence mais se contente du couplage spin-orbite... transition plus lente pour l'émission de photons ce qui explique leur plus faible luminosité...

Expérience réalisée à deux reprises sur le japonais de base à Nagasaki et à Hiroshima sans résultat réellement concluant... Je me demande si le japonais, en règle générale, est très coopératif avec les occidentaux lorsque ceux ci veulent faire progresser le domaine des connaissances globales, la physique nucléaire en particulier.... Exemplaire démocratie qui a utilisé des armes chimiques sur les vietnamiens pour confirmer la théorie selon laquelle le napalm pouvait les débarrasser d'une part des sangsues si intrusives et d'autre part les guérir en prime, deux bénéfices pour le prix d'un, de ces saloperies de verrues qu'ils se choppaient à patauger nus pieds dans les rizières... Formidable démocratie qui pour les aider à venir à bout des mauvaises herbes qui pourrissaient la vie des pauvres cultivateurs vietnamiens dans leurs forêts, nos braves Yankees toujours généreux, grâce aux recherches de ce bienfaiteur de l'humanité qu'est Monsanto, leur ont mis un petit coup d'agent orange sur la tronche pour les faire rire en voyant la forme de leurs nouveaux nés lors de l'accouchement de leurs femmes traitées au produit du monde libre... avant de leur offrir les bombes au phosphore qui leur ont donné une sacrée mémoire à ces citrons pas démocratiques.... Ne nous remerciez pas les Niakoués, c'est cadeau, le mot désintéressé à été créé pour nous décrire

-T'as le 06 de la NSA ? Ou alors, tes bombes au phosphore, je les commande sur Ebay.

-S'il ne leur en reste plus essaye la Russie, Israël ou l'argentine ils en font aussi.

-Si tu commandes sur Ebay tu attends les dernières secondes pour faire une enchère.... ne fais pas comme ceux qui enchérissent huit jours avant la clôture.... il y en a même qui sont assez cons pour acheter de l'occasion plus cher que le neuf.... ils confondent avec des grands crus....

Chapitre 3

Enquète

-Salut Chee... Ton enquête sur le meurtre des pêcheurs de pibales avance-t-elle ?
-Elle commence juste. Mon petit PK, tu me prends pour Robert Houdin, Harry Houdini, Dai Vernon, David Copperfield et Chris Angel réuni. Je ne suis pas magicien, je ne fais pas de miracles.
-Ne sois pas modeste, la semaine dernière je t'ai vu marcher sur l'eau.
-Oui, mais moi j'avais des Jobe Wakeboard Austin 138+ Vanity aux pieds...
-Tu as de nouveau éléments, des témoignages sur le sujet ?
-Un témoin est venu déclaré qu'il est passé devant les pêcheurs en hors bord à 1h 45, il les as vu vivants. Il est repassé à 2h50, il est affirmatif sur l'heure, il a regardé sa montre à ce moment là, il n'a plus vu personne.
-Comme son bateau revenait, s'il n'a pas tourné la tête il regardait la rive d'en face.
-Évidemment qu'il avait tourné la tête, il m'a fait une démonstration en suivant son indexe... J'ai son certificat de champ visuel, en regardant droit devant il peut voir les deux rives.

-Il est sûr de la précision de sa tocante ton gus ?
-Un peu mon neveu pour la précision de l'heure... c'est un mec qui s'est garni le poignet d'une Casio PRW-3000-4ER, une merveille de technologie question dégoulinante, c'est le genre de truc qui réagit à l'intensité de la lumière, plus il fait sombre, plus le cadran s'éclaire, ce compteur de temps supporte même le froid jusqu'à moins 10°C, son égraineuse à secondes recharge ses accus au soleil, reçoit des signaux radio pour toujours indiquer la date et l'heure exacte, passe automatiquement à l'heure d'hiver ou d'été... à part Maryse Gildas ou Carla Bruni comme dit le Dr Ben Benham qui renifle le botox comme un épagneul breton la perdrix, tu n'as rien de plus sophistiqué question miracle de la science.
-Tu peux me dire ce qu'il foutait ton gus en hors-bord sur la Gironde à 2h du mat ?
-Je ne lui ai pas demandé, c'est sa vie... il est venu témoigner spontanément... grâce à lui nous avons une confirmation de l'heure de la mort des éradiqueurs d'anguilles qu'avait estimée le Dr Jackal, le légiste.
-Ce brave Jack t'as donné d'autres infos ?
-Rien de plus pour l'instant, il m'a juste mentionné qu'il faisait un travail sur ce que Louis Pasteur devait à Ignace Semmelweis et à Antoine Béchamp.
-Des mecs que tu soupçonnes ?
-Rien à voir avec l'enquête... tu es con à ce point, ou c'est un genre que tu te donnes ?
-J'adore cultiver l'ambiguïté.
-Je crois bien que je vais la lever... ma réponse ne t'est pas favorable.
-Je peux t'accompagner aujourd'hui dans ton enquête, c'est ma journée glandage.
-Je croyais que tu glandais 24/24, 7/7, 365/365.... Je crains que tu ne sois déçu, ça ne va pas être bien palpitant, je vais essayer de retrouver la femme à la barque.
-Ouais, j'adore les gros nichons qui te font baisser les yeux et

relever... je vais avec toi.
-OK, mais tu restes simple observateur, tu fermes ton clapet... Pas de démonstration style pour faire comme dans les films, le genre coups de bottins qui ne laisse pas de traces et autres conneries d'un autre âge, je ne suis pas le commissaire Moulin.
-Je serai invisible à tes côtés comme un président normal à la tête de l'état. Je ne peux pas faire mieux, comme pour son action, personne ne remarquera que je suis présent. Tu prends quoi comme caisse.... la Caravelle ?
-Comme toujours, je n'ai qu'une bagnole, je n'ai pas les moyens financiers d'un économiste grassement payé par le patronat et le capital pour dire qu'il trouve mon salaire trop élevé... Tu ne veux quand même pas que je me déplace sur ton skate.
-Je peux monter dans ton tas de ferraille en sautant par dessus la portière comme les djeunes dans les feuilletons à la télé?
-Non, tu ouvres la porte comme tout le monde, je n'ai pas le temps de te conduire aux urgences.... à ton âge déjà pour t'envoyer en l'air il faut une catapulte... pour te propulser au dessus de la portière, la dotation mensuelle d'explosif de Boko-Haram me semble à peine suffisante.
-C'est bon les vannes pour ce matin..
-En route pour Port-Maubert...
-Elle démarre toute seule ton épave ou tu as besoin de la manivelle ?
-Ducon, batterie neuve... un coup de starter et c'est parti comme en 68... Pour monter sans ouvrir la portière avec la capote fermée, ce n'était pas gagné d'avance....
-Tu n'as toujours pas de ceintures de sécurité dans ton ancêtre à roues.....
-Pas besoin, elle a été construite en un temps où les cons pouvaient se tuer peinards... Maintenant ils en sont tellement friands des bas de plafond, qu'ils empêchent la sélection naturelle, mieux, ils les élèvent en batterie pour en faire des électeurs décérébrés... C'est de plus en plus dur pour nos politiciens de trouver des mecs plus cons qu'eux

pour avoir envie de les élire... Obligés de les modifier par l'éducation nationale qui maintenant n'oblige plus la deuxième couche qui était passée par l'armée. Politicards aidés par les cours de soutien dispensés en permanence par la télé, boîte-à-conneries qui remplace avantageusement l'église tombée en désuétude depuis que les curetons ne portent plus la soutane et ne jactent plus latin. Deux mystères en moins qui éloignent les curieuses qui se demandaient ce qu'il y avait sous la soutane et imaginaient que les trucs en latin étaient d'une intelligence folle. Regarde le succès des écossais... les curieuses veulent savoir ce qu'il y a sous le kilt et si le gus parle le gaélique écossais pour elles c'est aussi géniale que le latin... Vatican2 a tué la pratique religieuse... Si tu comprends tu as soudain du mal à croire au truc.
-T'as fait installer un lecteur de CD... coup de pot, cette version de guimbarde est en 12 volts.
-Tu veux mettre un CD ?
-De bonnes musiques qui nous tiennent jusqu'à Port-Maubert
-Mets nous Johnny Rivers dans John Lee Hooker, tu poursuis par Iron Butterfly dans leur tube de 1968 In A Gadda Da Vida

Intermède musical suffisant pour arriver à destination...

Port-Maubert... zone à 30km/h, le chenal sur la gauche...
-Tu as un frein à main ou dois-je mettre une cale sous la roue ?
-Vanne, vanne, tu es arrivé à destination sans encombre.
-Je dois le reconnaître... C'est marrant depuis que nous sommes arrêtez j'ai l'impression que le paysage défile plus vite...
-Cherche une barque à moteur électrique au lieu de dire des idioties, en vois-tu une amarrée quelque part ?
-Ce n'est pas ce que tu cherches, là, en face de la baraque miteuse qui se prend pour un restaurant ?
-La barque en aluminium ?... allons la voir de plus près.
-J'avoue qu'il faut avoir le moral pour partir là-dessus dans les

remous de l'estuaire de la Gironde. Tiens le mètre que je mesure l'esquif pour mon rapport.
-J'ai 3m50 pour la longueur, 1m52 pour la largeur et trois bancs pour poser son cul.
-Tu trouves une marque, un nom, un indice quelconque ?
-Ouais, Aqualunox 350SXL.... Le moteur est resté dessus... Pas prudente la propriétaire... inconsciente ? Pressée ?
-Le moteur.... peux-tu me dire ce que c'est ?
-Un Rhino VX54 ibs branché sur une batterie marine de 120 ah, une batterie à décharge lente, c'est écrit dessus.... pas comme Nachs....
-Nachs n'a rien d'écrit sur lui
-Je parle de la décharge lente.
-Ce sera répété, déformé...
-Putain tu savais qu'il y avait des vitesses sur ce truc ? 5 vitesses en marche avant et deux pour la marche arrière.
-Faut se renseigner pour savoir à qui appartient cette barque.
-Je vais essayer de faire parler les habitants des premières maisons ? Je peux prendre ton taser X26 pour les faire accoucher plus vite ?
-PK tu arrêtes de faire ton intéressant. Tu te présentes, tu dis bonjour, tu demandes poliment s'ils connaissent le propriétaire de cette barque, tu laisses les gens s'exprimer à leur rythme, tu remercies, tu dis au revoir, tu ajoutes : « je vous souhaite une bonne journée ».
-Bordel, ce que tu peux être à cheval sur le règlement, va falloir que tu t'améliore si tu rejoins le C.U.L.
-Vas y, je t'observes, si tu fais le con, après les sommations d'usage je te tire dans les mollets ! Compris.........
Pendant que PK joue les Maigret de service, je retourne à la barque pour l'observer plus attentivement... Ce qui me frappe sur la banquette avant, ce sont quatre trous, comme pour fixer un accessoire, un élément trop précieux ou trop fragile pour le laisser en permanence.... alors que le moteur... Je note... Un tube de crème tombé entre les banquettes.... Crème rajeunissante.... regardons la

composition de l'escroquerie à visée esthétique.... Tiens voilà PK qui revient la mine réjouie
-La moisson a été bonne ?
-Camarade chef, le mec de la première maison m'a dit que la barque appartient à la baronne de Maidoeufs, une millionnaire qui à fait fortune dans les crèmes de rajeunissement, la fameuse ligne Spermalumabronectine bio.
-Une chimiste de formation ? As tu lu la composition de sa crème anti âge ?
-Je ne lis rien s'il n'y a pas d'images à colorier.... le coloriage c'est bon pour lutter contre le stress.
-Sa crème est composée de vitamines A, C, E, B12, de calcium, magnésium, phosphore, potassium zinc, fructose, sorbitol, protéines, sodium, cholestérol, phosphatases alcalines, carnitines, citrate, hormone de croissance, fibronectine, Allantoïne, glycoprotéines enzymatiques, peptides antimicrobiens naturels, collagène, élastine, enzymes issus d'hélix Aspersa Müller.
-Comme disait ma psycho-relaxologue, en agrafant son soutien-gorge après une séance des plus relaxante qui a fini par me ramollir localement, on en boirait une gorgée chaque matin à jeun.... Rien ne se rattache aux pibales, la Baronne de Maidoeufs semble plus pécheresse que pêcheuse.
-J'irai l'entendre à l'occasion.... pour vérifier que la navigatrice nocturne topless et la Baronne de Maidoeufs sont une seule et même personne....
D'après le rapport du Dr Jackal, près des cadavres, il n'y avait aucune empreinte de pas autres que celles des pêcheurs, pourtant le sol était détrempé, tout laissait des traces, un sol si gorgé d'eau, si mou, que même un julida chaussé de charentaises laisserait des traces.
-Tu n'as pas de témoignages des autres pêcheurs présents dans les environs ? Auraient intérêt à collaborer s'ils ne veulent pas se retrouver les prochains dans la rubrique nécrologique du journal

Sud-Ouest.
-Messieurs, messieurs.... vous n'avez pas 10€ pour me payer une p'tite bouteille ?
-J'ai la nette impression que vous en avez déjà abusé.
-Tu veux dire que je suis bourré... c'est p't-être vrai mai j'ai soif.
-Police !
-Putain, ils voient toujours quand j'ai bu, mais pas quand j'ai soif... C'est pour quoi ? Pour l'enquête sur la mort des pibaleux ?
-Oui, avez-vous remarquez des choses inhabituelles ? nous vous écoutons.
-J'ai vu des trucs, mais je ne peux plus parler, tellement j'ai la bouche sèche.
-Chee file lui ses 10€ qu'il accouche.
-Merci mon prince... Je vais chercher la bouteille au restaurant et je reviens. Voilà, à la tienne mon prince. Je sommeillais dans la cabane de mon carrelet quand les coassements des grenouilles m'ont réveillés.
-Chee c'est sûr, ce sont les grenouilles qui ont fait le coup.
-Mais non, mon prince, j'ai vu un type plus grand que les roseaux... un type sur des échasses, un berger landais sans ses moutons.
-Ce sont peut-être les moutons qui ont fait le coup, des moutons qui se cachent c'est louche.
-Ils ne se cachaient pas mon prince... ils n'étaient pas venus... à cette heure les moutons dorment du sommeil du juste qui a survécu au génocide de Pâques et de l'Aïd al-Adha.
-Votre nom et adresse ?
-Jethro Madian, j'habite la cabane de mon tramail, un peu plus bas.
-Merci Jethro, buvez à notre santé... Attention à ne pas devenir Jethro Bu....
-Ce type aviné prétend avoir vu un berger landais qui dominait les roseaux... d'habitude dans son état on voit plutôt des éléphants roses.
-Remarque, ce n'est pas con de se pointer sur des échasses pour ne pas laisser les traces de ses pompes, ne pas faire de bruit, trucider

peinard les avorteurs d'anguilles à la pointe du carreau. C'est vrai qu'en dehors de dessouder incognito des braconniers pibaleurs le berger Landais sur échasses n'a plus beaucoup d'utilité de nos jours... peut être gaveur de struthio, si tu veux te lancer dans le foie gras d'autruches.
-Pour définir la taille de l'individu ce n'est pas simple non plus.
-Tu ne veux pas qu'on aille voir la Baronne tout de suite, elle a peut être vu quelque chose de sa barque.... Si ça se trouve elle a encore les bzèzes à l'air.
-Les quoi ?
-Les insses, les loches, les lolos, les nénés, les nibards, les nichons, les roberts, les roploplos, les tétés, les ballochards, les bazoulas, les bessons, les bzézèls, les cadets, les calebasses, les carapatas, les counous, les doudounes, les gougouttes, les mamelles, les pelottes, les rondins, les sboubs, les tchoutchs, les totoches, les trottinets.
-Tu veux sans doute parler de ses réseaux de canaux galactophores et de ses glandes lactogènes insérés dans son tissu adipeux.
-Voilà, exacte, mais j'avais peur que tu me trouves vulgaire.
-Tu vois ce que je vois... droit devant ?
-Oui, une bonne sœur qui sort de la deuxième maison....
-Bonne sœur du matin sécheresse du vagin.
-C'est un proverbe agréé Vatican 2 ?.... Attends moi
PK, fouillant dans sa poche court vers la religieuse...
-Ma sœur, ma sœur... vous avez perdu un morceau de votre chapelet !
La sœur se retournant
-C'est aimable Monsieur, mais ce ne doit pas être à moi, je n'ai pas de chapelet sur moi, nous venons, Dieu et moi, de prodiguer des soins à un pauvre homme dans le plus grand dénuement.
-Je l'ai vu tomber de dessous votre robe... Je ne peux pas me tromper il n'y a personne d'autre que vous.... Je l'ai ramassé... tenez regardez je l'ai dans la main.... Oh ! je suis confus, excusez moi... ce n'est pas un chapelet, c'est votre stérilet... désolé dans la précipitation, l'envie de faire mon devoir de citoyen, j'ai confondu.

-Espèce de malotru, vous devriez avoir honte.
-Je vous rassure, je n'ai pas mal où vous dites... je vous promets que j'essaye d'avoir honte ma sœur, je bats ma coulpe, mais honnêtement je n'y arrive pas... Vous n'utilisez pas de stérilet pour décourager la nidification de vos ovules fécondées par le Saint-Esprit.
-C'est évident, ouvrez les yeux je suis une religieuse !
-Je le vois bien, votre alliance montre que vous avez épousé Dieu... Dieu est un homme qui a ses faiblesses, demandez à Marie... Suis je sot, ça saute aux yeux, vous êtes moderne... vous prenez la pilule... si j'en crois Denis Diderot vous et vos semblables n'êtes pas de bois, même de celui dont on fait les croix....
-Vous aggravez votre cas mécréant, goujat... Jésus, Marie mère de Dieu priez pour lui, il ne sait pas ce qu'il dit.
-Merde alors, je ne le crois pas... au vingt-et-unième siècle vous en êtes encore à la méthode Ogino, vous allez vous retrouver en cloque ma fille... Pour vous, l'avenir, c'est soit le polichinelle taquiné à l'aiguille à tricoter dans les chiottes à la Turc du couvent, soit, si le niard voit le jour, des emmerdes pour nous dans les prochains deux mille ans, un conseil évitez les clous pour tenir ses langes..
-S'il vous plaît Monsieur ! De grâce cessez vos provocations.
-J'ai deviné... vous pratiquez les coïts interrompus... Je savais que vous étiez rétrograde mais à ce point... j'espère pour vous que le Saint-Esprit n'est pas victime d'éjaculation précoce... si c'est le cas demandez lui une ante-portas.
-PK, PK, laisse madame tranquille ! Excusez le ma mère, ma sœur, enfin madame... Vous êtes trois personnes en une en quelque sorte... ça me rappelle quelqu'un mais je ne sais plus qui... Excusez le mesdames, c'est un athée de la pire espèce, de ceux qui bouffent du calotin à chaque repas... Il a lu la religieuse de Diderot ainsi que sa nouvelle « les bijoux indiscrets » il s'imaginait, le naïf, que vous alliez le sucer gratuitement... Chaque fois c'est la même chose, pour poser sa candidature à la fellation il y a du monde mais quand vient l'heure de payer il n'y a plus personne. Adoptez la pratique de vos consœurs,

faites payer avant de pratiquer votre art. Combien lui avez vous demandé pour cette gâterie ? Je vais réglé pour lui... Pourquoi êtes vous si blanche tout à coup madame, ma mère, ma soeur ?
-Chee, vois-tu le comportement non charitable de ces gens soit disant de piété, heureusement que leur Marie était plus coopérative du fion devant le Saint-Dard.
-Allez, PK, nous retournons au bureau pour faire le point.
-Chee, Chee regarde, la bonne sœur s'est évanouie, elle gît sur le sol dans l'allée... Je peux regarder si elle porte un string fait de ces perles utilisées pour confectionner les chapelets avec une partie composée de grains plus volumineux qui fait office de boules de geisha.
-Non ! PK tu restes là !
-Juste regarder vite fait si elle se fait épiler la toison façon auréole ?
-PK tu ne touches à rien...
-Je peux lui faire du bouche à bouche pour la ranimer.
-PK, pas de bouche à bouche et reboutonne ta braguette s'il te plaît....
-Je voulais lui faire souffler dedans pour vérifier son alcoolémie... on ne sait jamais elle nous fait peut être un coma éthylique... Le sang du Christ c'est quand même du 12% d'alcool minimum... si elle a des tendances vampire elle a peut être un peu trop vidé le corps du seigneur... Déjà sapée en noir elle a le genre gothique à donf.
-PK arrête toi, c'est un ordre.... Fais gaffe... je te tire dans les joyeuses si tu continues sur cette pente savonneuse qui te mène tout droit en enfer... Avec les burnes éclatées façon ketchup tu finiras ta vie comme haute-contre à faire le quatrième avec Philippe Jaroussky, Adriano D'Alchimio et Gérard Lesne... Toi, ce ne sera pas par talent ni par tes possibilités vocales que tu te joindras à eux pour former un quatuor, mais uniquement grâce au départ précipité de tes valseuses.
-Je la pousse dans le chenal pour la ramener à elle ?
-Non, tu la laisses tranquille.
-Juste un peu d'eau pour la réveiller.

-Sur le visage pas sur son ventre.... imbécile !
-Tu vois, elle se réveille.
-Que m'arrive t il ? Que m'avez vous fait.... je suis toute mouillée.
-Ce n'est rien ma sœur, je crois que vous venez de perdre les eaux... j'ai prévenu la maternité... l'ambulance arrive. Ils m'ont demandé de surveiller pour voir si bébé sortait ou non en marchant sur vos eaux. Une sorte de test d'APGAR pour enfants nés du Saint-Esprit.
-Arrêtez de me tourmenter je vais porter plainte contre vous si vous continuez.
-Chee, comment s'appelle ta bite ?
-Je ne l'appelle jamais, elle est toujours avec moi
-Tu l'aurais appelé Saint-Esprit, tu pouvais être le père du gniard de sœur baise-en-douce.
-J'ai peur de pas être assez pieux pour ça.
-Pas obligé d'être au lit, tu pouvais la prendre sur l'autel pendant la messe.
-Je crois que je vais m'évanouir à nouveau, c'est plus que je ne peux en supporter.
-Viens Chee, on se casse, tu vois un peu le côté pardon, je tends l'autre joue et autres conneries théoriques quand ces bouffeurs d'hosties sont dans la réalité... Je retourne à la caravelle... cette vieille femelle corrompue, qu'elle se démerde avec son bon Dieu.
-Faut dire que tu pousses un peu le bouchon non ?
-On passe au Coq d'or avant d'aller à ton bureau ?
-OK mais on ne reste pas trois plombes.
-Merde voilà qu'il vase de la flotte du genre pluvieuse, t'as bien fait de capoter ton antiquité... tu passes par chez moi avant de rejoindre le Coq, j'ai des trucs à prendre....
-Putain c'est un poème de t'avoir avec soi pour faire une enquête.
-Fais pas la gueule, il y en a pour deux minutes.......
-Deux minutes par-ci, deux minutes par-là... on arrive vite à une heure !
-Mets de la musique... ça adoucit les mœurs.

-Knockin' on Heaven's Door, Tangled up Blues, Things Have Changed, Duquesne Whistle, Must be Santa, Thunder on Mountain, Like a Rolling Stone, Jokerman, Not Dark Yet, Blood in My Eyes... c'est assez pour que tu fermes ta gueule pendant toute la route.
-J'adore Daniel Gérard....
-Non, c'est Dylan...
-Ils ont le même chapeau...
-Question talent c'est Dylan qui a tout piqué, il n'a pris que le chapeau ton Gérard Daniel Kherlakian.
-Tu vois avec tes conneries de nous faire passer par chez toi, nous voilà bloqués par une manifestation.
-Qu'est-ce que c'est que cette mascarade... des femmes en burqa.
-Ne bouge pas je vais au renseignements.....
-Les belles, les moches toutes égales sous la burqa ! Hommes, femmes la burqa pour tous. Hétéros, homos pas de sexe sous la burqa !
-Alors ?
-Une manifestation féministe qui veut imposer la burqa à tout le monde pour contrecarrer la dictature de la beauté. Leurs slogans : Les diplômes pas le cul... la burqa c'est aussi utile pour protéger les filles canon des harceleurs...
-Pour les hommes aussi ?
-Pour tout le monde... tous à égalité
-Bonne idée... si la demande est votée, les enquêtes vont être simplifiées... surtout pour dessiner les portraits robots... Remarque c'est bien aussi pour se protéger des moustiques et des coups de soleil. Faudra vérifier si les femmes à burqa sont moins victimes du paludisme que les autres... Si ça se trouve nos législateurs n'ont rien compris, c'est une mesure de protection de la femme... Les salafistes sont des féministes qui s'ignorent
-La route se dégage, repartons... Tu vois nous sommes déjà arrivés.....

-Mets ta caisse dans le coffre.... non, devant Ducon, derrière c'est le moteur.

-Tu vois j'ai été super fast.
-Qu'as tu dans ta caisse.
-Surprise, on en reparle au coq.

Chapitre 4

Au Coq D'or

-Salut les mecs
-Salut Chee, salut PK
-Ce n'est pas le père Naghit Mihaïl à la table devant le bar.
-T'as remarqué, le patron a changé de juke-box, je vais jeter un œil en demandant à Naghit de nous rejoindre.
-Salut Naghit, tu veux venir à notre table, il y a Chee, Lev, Nachs et moi à la table du fond... si ta célébrité médiatique ne t'as pas tourné la tête, peux-tu encore fréquenter des potes de basse extraction, des moins que rien, des prolétaires, des anonymes.
-Arrête ton char, célébrité médiatique d'une seconde sur une chaîne d'infos pour téléspectateurs victimes d'Alzheimer... diffusent les trois mêmes conneries en boucle à longueur de journée... ne me dis pas qu'il ne se passe rien d'autre dans le monde... Tu sais, dans l'heure qui suivait la diffusion de mon interview, plus personne ne me reconnaissait, il y en a même qui me confondaient avec les victimes. Le genre vous étiez super en cadavre au bord de la Gironde, je peux avoir un autographe, c'est pour ma grand'mère qui termine sa vie en maison de retraite... ça lui donnera des idées. Tu vois un peu la célébrité comme tu dis, dans le coin ce n'est pas la chaîne la plus

regardée, même mon chien a du mal à me reconnaître, pourtant il est vautré devant l'écran du matin au soir, il a été obligé de me renifler pour être sûr que c'était bien moi, c'est dire si c'est éphémère. T'as zieuté la bête ?

-Putain de juke-box, ils ont remplacé le Rock-Ola Harley American Legend 2 par ce Wurlitzer OMT en version vinyl, chargé de 45 trs E.P 4 titres.... deux cents morceaux... le spécial Diamond Needle pour la lecture... ça jette avec cette caisse imitation bois naturel...

-Un ampli de 2X90watts qui alimente six haut-parleurs... en stéréo.

-Je fais une petite sélection.... Gene Vincent Be-Bop-A-Lula, Eddie Cochran Summertime Blues, Buddy Holly Peggy Sue, Little Richard Tutti Frutti, Elvis Presley Jailhouse Rock, Bo Diddley Hey Bo Diddley, Jerry Lee Lewis Great Balls Of Fire, James Brown I feel Good, Jean Ségurel Bruyères Corréziennes, Bill Halley. Rock around the clock

-Régalez vos oreilles les mecs, Nachs tu peux brancher ton sonotone il y a de la bonne musique à esgourder, tu vas pouvoir te dandiner sur ton déambulateur... Fais gaffe à ne pas perdre tes couches confiance.

-Connard, avec un peu de chance tu y seras avant moi chez les incontinents azimuthés.

-Alors Naghit, comme ça, tu n'as pas vu, ni entendu le hors-bord passer sous ton nez, il est plus gros qu'une pibale pourtant... comme observateur fiable tu n'es pas au top... renonce aux civelles et concentres toi sur les baleines ou les cachalots... Le mec qui est passé avec son 210-Dauntless est venu témoigné, un bateau de plus six mètres ne passe pas inaperçu..

-Pas fais gaffe.

-Pour voir passer des femmes les nibards à l'air, là, curieusement tu te réveilles... pourtant une barque à moteur électrique c'est quand même un tantinet moins bruyant qu'un FT60 Yamaha... tu n'as pas entendu le quatre cylindres en ligne de 996cm3.

-Tu sais Chee il m'arrive de m'assoupir, j'étais comme rêveur, pas comme concierge... Il est possible que le mojito aidant....

-T'as l'oreille sélective en quelque sorte.
-Un sixième sens... Vous n'allez pas me gonfler toute la soirée avec cette histoire, sinon je retourne à ma table siroté mon Daiquiri tranquille en remerciant Pagliuchi.
-Tu sais qui est la femme à la barque ?
-Non, c'était des loches que je n'avais jamais vues je crois... j'ai demandé à mes pognes... elle ne les ont pas reconnus non plus... ou m'en souviens plus... de nos jours avec toutes leur chirurgie ils te modifient tellement que parfois tu peux te croiser toi même sans te reconnaître... alors des boîtes à lait que tu n'as peut être rencontrées qu'une fois... imagine faudrait que je fasse de l'hypermnésie.
-la Baronne de Maidoeufs.
-Il paraît qu'elle est givrée grave celle là. Niala la connaît c'est une spéciale, le genre de nana qui sort de l'ordinaire.
-T'as son portable ? Appelle le, dis lui de nous rejoindre... il y a un coup à boire.
-Je tente... Il dit qu'il arrive....
-Putain tu fais chier, tu as osé nous intercaler Jean Ségurel... jusque là c'était un sans faute... j'espère que tu n'as pas poussé l'espièglerie jusqu'à nous faire subir du Patrick Benguigui Kammoun, il y a des limite à ce qu'un malhonnête homme puisse subir sans sortir son IMI Tabor Tar-21 et tirer sur tout ce qui couine.
-Comme j'ai mis ma play-liste en lecture aléatoire tu peux l'avoir plusieurs fois... ça rappelle le temps où on le mettais en boucle pour faire fuir les mecs qui avaient osé nous piquer le flipper Swing-Along au troque-muche de Saint-Leu sous le fallacieux prétexte qu'ils étaient arrivés avant nous... Des sans gène de la pire espèce, des irrespectueux de notre outil de travail.
-PK qu'as tu dans ta caisse ?
-Des couleuvres de Montpellier, les excédents de mon élevage, une petite dizaine... des mâles adultes... ils font tous entre 1,5m et 2m.
-Fais voir
-Ils sont super, brun verdâtre... et le bide tout jaune..., je voyais ça

plus épais comme bestiole... avec une tête plus grosse, sont calmes comme tout.

-Parce qu'ils sont dans le noir, ce sont des bestioles diurnes qu'aiment se bronzer les miches au soleil.

-Doivent être emmerdées pour se passer de la crème Roche Posay Anthélios 50+... Leur mère avait la nausée et voulait se relaxer.. tu leur a filé du phthaloyisoglutamine que tu avais fait chauffer pour les empêcher de gerber pendant la ponte. Ce sont des mouflets thalidomide, ont paumé leurs bras. Vont se choper des coups de soleil tes apprentis ceintures de falzar.

-Ce n'est pas venimeux comme reptile, pas comme les vipères...

-Si, cette espèce, le plus grand serpent d'Europe, est la seule couleuvre venimeuse de France. Elle n'est pas dangereuse, son venin est peu toxique, faut lui enfoncer la main au fond de sa gueule pour choper les crochets de sa mâchoire du haut... Elle laisse juste couler son venin le long des cannelures qui se trouvent sur les crochets... Pour les connaisseurs elle est opisthoglyphe.

-C'est pour ça que son venin n'est pas très toxique ? C'est des coups à s'empoisonner toute seule.... Dieu à fait un brouillon avant de faire la vipère, il a corriger les bogues

-Pourquoi les as-tu apportées ? Tu veux les vendre au patron pour mettre la matelote d'anguilles à la carte ? Remarque, c'est peut-être aussi goûteux.

-Je dois faire un saut à Angoulême, je vais en mettre cinq ou six dans la boîte à lettre du 37 de la rue du Minage et le reste à Barbezieux Saint Hilaire au 9 bis boulevard de Chanzy.

-C'est quoi comme adresse ? Tu dois livrer des herpétologistes ?

-Non, la permanence de la Fédération UMP de Charente, l'autre le centre des Impôts.

-Des enculologistes populaciers et des vidologistes de ton compte en banque.

-Pendant ta livraison tu fais gaffe aux caméras de vidéo-surveillance... Si jamais la marchandise ne leur convenait pas laisses-

tu un bon de reprise ?.
-J'enfile toujours le masque de Sarkozy pour mes livraisons et je me gare une rue avant.
-Pendant que tu es à Angoulême ne veux-tu pas aller à la statue de Corto Maltese, celle sculptée par Livio et Luc Benedetti... d'habitude ce sont les pigeons qui chient sur les statues, pour une fois tu le fais derrière, au pied de la statue pour laisser croire que ça vient d'elle... Tu lui colles des feuilles de PQ sur la main pour faire plus vrai. Profites en, pendant ta donation biologique, pour admirer la Charente et les anciens chais, rénovés par Magelis, qui abritent le musée de la bande dessinée.
-Moi, je peux aller faire sur celle de l'abbé Jean-Marie Dumas dans le cimetière de Richemont ?
-Non, le mieux c'est d'aller ensemble au golf des hirondelles, face à la vieille ville, tu as un calvaire avec quatre statues et trois croix monumentales... style multiplication des Jésus cloutés... faut prendre une pince coupante pour ne pas avoir à enjamber le grillage de clôture qui les protège,... Il y a de quoi étronner en quadriphonie.... j'apporte mon lecteur MP3, déféquer sur le divin en écoutant les « Who » dans quadrophenia ça va être génial... je vais peut être prendre du bromure avant, pour éviter la turgescence impromptue due au pied monumental de cet happening de copr'art.
-Tu seras de nôtres Chee ?
-Je ne crois pas que ma fonction actuelle ne me le permette... j'ai un peu peur que cela nuise à ma promotion à si peu de la retraite... tiens voilà Niala sur sa 125 Shadow... Ce con roule encore sans casque.
-Salut les hommes, tans pis pour les autres.
-Niala tu connais la Baronne de Maidoeufs ?
-On m'avait parlé d'un coup à boire... pas d'un interrogatoire.
-Un planteur pour cet homme déshydraté...
-Je la connais de réputation... dans le genre spéciale c'est un cas d'espèce. Ce n'est pas le genre de femme qu'on peut qualifier de ménagère de plus de cinquante ans dans les enquêtes d'opinion...

C'est une gonzesse qui fait partie du club des personnalités hors normes.
-Naghit l'a vu remonter la Gironde dans sa barque électrique le buste à l'air.
-Chee, ça c'est classique, c'est presque son côté popote... au petit matin elle prend la rosée pour se raffermir la peau... son obsession c'est la jeunesse éternelle.
-Le reste, elle le laisse vieillir ? Elle accepte de se voir flétrir le fion, quand elle fait des ciseaux elle s'amuse d'avoir les cuisses où la viande ne suit pas l'os, s'en fout d'avoir la peau trois tailles trop grandes ?
-Non Naghit, pour le reste elle a des méthodes alternatives, soit avec sa crème anti-vieillissement, soit par les produits naturels dont la crème est issue.
-Explique.
-Vous avez vu la composition de sa crème ?
-Chee me l'a lue quand on était à Port-Maubert.
-Alors, PK, tu n'as été intrigué par les composants ?
-Tu sais moi la chimie, en dehors de piler la menthe poivrée, d'ajouter du sucre en poudre, du citron vert, du rhum, des glaçons, du Perrier et cinq gouttes d'angostura. Je ne suis pas un lecteur assidu du Grand-Albert ou des secrets merveilleux du Petit-Albert.
-Sa crème est un mélange de deux productions animales, l'homme étant aussi un animal, et d'un corps purifié.
-Accouche, on ne va pas passer la soirée là dessus.
-Sa crème est composée de mucus d'escargot, de sperme humain et de fibronectine.
-Comment fait elle pour ses méthodes alternatives ?
-Elle a une pièce spéciale entièrement carrelée où, nue, elle se fait recouvrir le corps d'escargots petits gris, un brumisateur maintient l'humidité nécessaire, elle reste plus d'une heure à les laisser se promener et baver sur sa peau, puis elle se fait frictionner à l'aide d'un gant de crin avant de prendre une douche froide. Il paraît que

l'allantoïne, le collagène et l'élastine du mucus de luma ont la propriété de réparer l'épiderme... c'est pour ça qu'elle a choisi notre région... pour la qualité des petits gris.
-Pour l'autre traitement... ton histoire de cagouilles je m'en fous.
-Là, elle est dans la même tenue, elle organise un gang bang. C'est le jeudi soir je crois, chaque fois elle convoque une vingtaine de gaillards qui sont chargés de la recouvrir de leur semence, visage compris, ensuite deux assistantes viennent la masser comme on le fait avec les huiles essentielles, pour bien faire pénétrer les principes actifs dans la peau... avant sa douche froide... toujours pour tonifier la peau.
-Putain tu parles d'un tableau.
-Qui participe à ces soirées branlettes bite à la main ?
-Des jeunes étudiants en médecine qui sont recrutés en salle de garde à Bordeaux. Ils sont conduits chez elle par un minicar aux vitres aveugles pour ne pas qu'ils puissent reconnaître l'endroit. Ils sont rémunérés à l'acte, certains arrivent à plus de cinq éjaculations dans la soirée, faut dire qu'ils sont shootés à mort au Guronsan. Une fois vidés ils sont reconduits à leur point de départ. Comme ça, pas de commérages sur place. Tu l'imagines le lendemain croiser des participants la baguette à la main à la boulangerie.
-Moins gênant que la braguette à la main à la poissonnerie
-Pourquoi ?
-Parce que des moules à la boulangerie...
-Pas plus rare que des épinards à la poste.
-Ou des préservatifs dans les bénitiers...
-Là tu te goures, j'en ai mis, pas plus tard qu'hier matin... comme ils n'y mettent plus d'eau, j'ai voulu leur affecter une nouvelle utilité. Tu ne trouves pas que ça a plus de gueule que dans une corbeille en plastique ?
-Finie la récréation ?
-Chee, demain à la première heure on file l'interroger.
-Ne rêve pas, tu ne seras pas invité au gang bang... mais tu peux

apporter des cagouilles, si tu en as un cent, la baronne te feras peut être partager une séance mousse et bave.
-Arrête je vais gerber.
-Pour ses crèmes, c'est au stade industriel, ce n'est pas ces vingt branleurs qui sont capable de tout produire.... où se fournit-elle ? pas à Bordeaux ?
-Non, elle a un centre d'élevage au Cameroun, il paraît qu'ils sont un bon millier de jeunes triés, des séro-négatifs, ils sont nourris et masturbés tous les jours.
-Tu déconnes ? Raconte qu'on se marre.
-Il y a une salle avec des cloisons dans lesquelles des trous sont percés à la bonne hauteur, les mecs arrivent, passent devant des gonzesses des plus girondes en tenues spéciales à faire bander l'abbé Alain Maillard de la Morandais lui même... Ce qui met les mecs en bonne disposition pour pénétrer chacun son trou, aussitôt des assistantes locales, bien moins tentantes que celle de l'entrée, dissimulées de l'autre côté de la cloison, leur installent le suceur et la traite commence, comme pour la traite des vaches... avec des rendements moindre... ils ont beau être noirs aussi, ce ne sont pas des Holsteins.
-Putain pour la productivité elle a intérêt à prendre des éjaculateurs ante-portas.
-Je comprends qu'elle ait choisit le Cameroun, pas le Japon ?
-Pourquoi dis-tu ça ?
-L'épaisseur de la cloison.
-Tu exagères, au Japon les cloisons sont en papier.
-PK, ça te tente des vacances au Cameroun ?
-Arrête, je crois que je préfère encore me faire taquiner la couenne par la radula des cagouilles.
-Chee t'en fait une tête depuis que t'as posé ton téléphone.
-Mon adjoint me signale qu'il ont repéré le fameux berger landais... je dois vous abandonner pour l'interrogatoire.
-Je peux t'accompagner ?
-Non PK, je t'appellerai pour rendre visite à Miss nibs-à-l'air si tu

veux.
-Pas de problème, si elle souhaite que je lui file un coup de jeunesse, j'apporte l'ingrédient principal... et ça marche... des fois, le coup de jeune et si violent que ça devient un nouveau né... faut juste un peu de patience... neuf mois.
-Tu n'avais pas était interdit de reproduction par le comité d'éthique... pour éviter que ne se répande le gène de la connerie ?
-Bouffon de ta mère !
-Lev écoute un peu ce que me raconte Nachs.
-Ça doit être quelque chose si j'en juge par ta tête....
-Dommage qu'il ne soit pas midi, c'est une histoire à écouter attablés devant un boudin créole purée.
-Alors ?
-Il m'arrive un truc bizarre, je ne sais pas si ça vous le fait... j'ai l'habitude de me purger le colon tous les matins à la même heure, je passe les détails... pour les curieux ils sont sur ma page Face Book, avec toutes les photos... vous pouvez les liker comme des fous... pour avoir la rondelle propre, il me faut une bonne quantité de feuilles de PQ...
-Putain c'est passionnant, j'aurai été super déçu d'avoir manqué ta confidence... imagine que je perde mon temps à visiter le musée de l'Ermitage, le Palais des Doges ou le Taj Mahal je finissais ma vie sans cette information capitale. Putain je l'ai échappé bel, j'aurai pu mourir idiot.
-Sur ta page Face Book, t'es malade, la NSA est déjà en train de la télé-charger... Si demain tu reçois des comprimés de Combantrin, de Fluvermal, d'Helmintox, de Zentel c'est que les mecs ont épluché ta vidéo... Ils ont remarqués tes oxyures.
-C'est malin... Je n'avais pas terminé !
-Je me disais aussi ça manque de chute... d'eau ou de chasse d'eau.
-Avant de me coucher j'ai eu un besoin complémentaire avec les phases classiques, poussage, ouverture des sphincters, éjection, resserrer les sphincters pour affinage et découpage, torchage... Bref,

je suis certain que vous maîtrisez la procédure, nous avons tous été certifiés ISO 9004... à ma grande surprise ma première feuille de PQ est ressorti blanche comme neige de sa mission. Immédiatement j'ai regardé inquiet mes doigts... immaculés. Je venais d'expulser un colombin auto-nettoyant, une sorte d'OGM des étrons... alors que le lendemain matin ses frères de transit qui avaient pourtant eu la même éducation, avaient suivi les mêmes stages gros colon et intestin grêle... je vous le donne Emile... ils avaient perdu leur nouveau pouvoir.... c'est étrange non.... comment t'expliques.

-Ce sont les mystères de la science, moi par exemple j'ai les poils de barbe frisés et les cheveux raides... bien au niveau des pattes à un millimètre près le poil raide devient frisé c'est énorme non ?

-Le pire c'est pour les yeux bleus, des peuples entiers n'en ont pas, les noirs....

-On dit les blacks.

-Non, mais c'est vrai aussi pour les noirs francophones....

-Dire noir maintenant c'est limite raciste.

-Depuis qu'ils sont devenus Blacks ils trouvent des logements et du boulot plus facilement ?

-Non, je ne crois pas.

-Alors tu m'emmerdes, donc pas d'yeux bleus chez les noirs ou les jaunes... plus tu vas vers le nord plus il y en a... je me demande d'où viennent tous les peuples de cette planète.

-Même chose pour les blonds... un chinois blond frisé c'est super rare... si tu en élève un couple, demande à faire débrider la clause d'enfant unique par l'ambassade de RPC... tu fais ton beurre en vendant les petits à des collectionneurs.

-Faut attendre qu'ils soient sevrés sinon tu as trop de pertes et les acheteurs viennent se faire rembourser.

-Les sauvages ont le plus de valeur, ceux d'élevage sont assez décotés.

-Normal ce n'est pas du tout le même goût, le sauvage est plus parfumé, la texture en bouche est beaucoup plus onctueuse. Ceux d'élevage sont mous, un peu pâteux... Sans grand intérêt gustatif.

-Q'est-ce que vous pouvez être cons quand vous voulez vous en donner la peine.
-C'est vrai que cette manie de changer les appellations est idiote, ça ne change pas ce que pensent les gens. Dans ta tête tu penses toujours la même chose, mais faut que tu le dises avec les mots qui font voir que tu es du côté des bien-pensants... Un nouveau bien-pensant qui ne penses plus ce qu'il est contraint de dire... en réaction ça le transforme en extrémiste... Regarde les votes depuis que tu dois contrôler tout ce que tu dis... Les gens étaient plus ouverts quand ils pouvaient se lâcher à dire des conneries dépassant leur pensée... C'était la soupape de sécurité, ça vidait le trop plein... Maintenant ça reste à l'intérieur, ça s'accumule et ça explose... On ne dira jamais assez le rôle nuisible pour le vivre ensemble des bisounours pétés de tunes qui prétendent faire l'opinion.
-Un non voyant ne gagne pas un dixième de vision sur l'aveugle, un mal entendant pas un décibel sur un presque sourd ni un mal-comprenant un seul neurone sur un con.
-Avant tu avais un ministre de l'information pour veiller à la censure, maintenant ce n'est plus nécessaire la vox-populi est encore plus réactionnaire, extrémiste et tatillonne.
-Qui fabrique la vox-populi comme tu dis ? Ces humanistes qui envoient des mecs risquer leur vie en Libye, Irak, Afghanistan pour chasser des dictateurs, pour transformer leurs habitants en gentils occidentaux consommateurs et se retrouvent avec des salafistes qui ne consomment que de l'explosif... avec leurs connerie le ciel va être en rupture de stock de vierges... 70 par explosé volontaire... Marie planque tes miches les Djihadistes arrivent.
-Naghit comment va ton cancer ?
-Il se porte comme un charme, il commence à bien m'apprécier... je crois qu'il prospère... j'avais peur qu'il ne se trouve pas à son aise.
-C'est toujours la même chose quand tu reçois un nouvel invité tu as toujours peur qu'il soit déçu de la façon dont tu lui offres l'hospitalité.

-Là il serait salaud de se plaindre, tu te mets en quatre pour lui.
-Je fais ce que je peux.
-Trêve de plaisanterie, tu te fais opérer ?
-Faut trouver une solution pour ma jambe gauche, la circulation n'est toujours pas redevenue normale, je ne peux pas me passer des bas de contention pour marcher...
-Tu as de l'avenir aux Folies-Bergères
-Je ne supporte pas la plume dans le cul. Je fais une allergie à l'autruche.
-Alors pour ta guibolle ?
-Avant tout il faut l'avis de la Cardiologue.
-Que dit ta cardio ?
-Rien, elle ne m'a toujours pas convoqué malgré la lettre du néphrologue et le mail de relance de mon toubib.
-Que vas tu faire ?
-Je lui est envoyé ce mail :
« Madame, un séjour dans votre hôpital pour une embolie pulmonaire m'a permis de découvrir que je bénéficiais en prime d'un cancer du rein. La circulation sanguine de ma jambe gauche où se situait la phlébite initiale n'est toujours pas normalisée. Je suis en permanence sous anti-AVK et suis contraint de porter des bas de contention. Le néphrologue par courrier, puis mon médecin traitant vous re-faxant ce courrier, vous ont demandé de me fixer un rendez-vous pour définir la possibilité d'arrêter ponctuellement mon traitement anti-AVK. Arrêt provisoire du traitement avec passage momentané à l'anti-XA pour permettre l'intervention chirurgicale. Sachant que le rein filtre 170 litres de sang par jour, en cas d'hémorragie ma rate et ma moelle osseuse ne se sentent pas capable de palier à une telle perte. Votre concours est donc indispensable devant le manque de coopération manifeste de mes organes hématopoïétiques. Les restrictions budgétaires ne vous permettent peut être plus de donner une suite favorable à la demande de vos confrères, demande me concernant, compte tenu de mon âge avancé

d'une part, et de l'exigence gouvernementale de réduire le nombre de bénéficiaires de la retraite vieillesse pour une meilleurs approche comptable. Dans ce cas pouvez-vous me recommander à l'un de vos confrères de médecine légale, spécialité plus adaptée à mon avenir, pour prendre rendez-vous lorsque que mon cancer du rein, dont les tendances expansionnistes sont connues, aura réussi à monter ses filiales pulmonaires, cérébrales ou autres. Veuillez croire, Madame à l'expression de mes bons sentiments.

-Tu as sa réponse ?

-Je l'attends

-Tu as donc décidé de te faire opérer.

-Non, je n'ai rien décidé du tout. Le minimum pour prendre une décision c'est d'avoir au moins deux possibilités de choix... pour le moment je subis, je ne contrôle rien. Allez, on passe à autre chose, il n'y a pas mort d'homme...

-Ce n'est pas qu'on s'emmerde les filles, mais les meilleurs choses ont une fin, va falloir se quitter pour aujourd'hui.... nous avons tous des obligations.

Chapitre 5

L'interrogatoire

-Nom, âge, profession
-Nicol Ahuleau, cinquante-neuf ans, chasseur d'okapi au chômage.
-Pourquoi s'être spécialisé dans l'Okapi chômeur ?
-Non c'est moi qui suit au chômage, pas l'okapi.
-Je me disais aussi... Les okapis ne sont déjà pas nombreux, si en plus ils sont victimes du chômage.
-J'ai hésité longtemps entre la chasse au zèbre ou celle de la girafe.
-Ce n'est pas du tout la même chose, d'un côté il faut aimer les rayures, de l'autre les taches.
-Le problème majeur, au nord de Bordeaux, c'est la rareté de ces espèces à l'état sauvage... j'avais contacter le zoo de la Palmyre qui n'a donné aucune suite.
-Ne voyant aucun avenir devant vous dans le zèbre ou la girafe vous vous êtes donc retourné logiquement vers l'Okapi.
-C'est un compromis entre le zèbre et la girafe, il a les rayures du zèbre sur les pattes et les cuisses.
-Les taches de la girafe ?
-Non, la robe brun chocolat.

-Qu'est devenue la girafe dans tout ça ?
-Il a hérité de sa langue, savez-vous qu'elle peut mesurer cinquante centimètres... elle est toute noire.
-Vous voulez dire de couleur, il a une langue de couleur... elle est black !
-Si vous voulez, donc sa langue est black, il peut se nettoyer les oreilles avec.
-Attendez vous semblez hésiter pour utiliser le mot black... si l'Okapi ne veux pas dire que sa langue est black c'est qu'il est raciste... et là ça tombe sous le coup de la loi !
-Il s'en fout l'Okapi, je crois bien qu'il est daltonien comme beaucoup d'ongulés.
-Respectez le, pourquoi le traiter d'enculé.
-J'ai dit ongulés.
-Autant pour moi, pour ce qui est du daltonisme je conteste cette affirmation, on peut parler de dichromatie tout au plus ; l'animal distingue le jaune, le vert foncé, et le rouge, mais ne fait pas la différence entre le bleu ciel et le gris... si vous voulez bien vous référer à la thèse de doctorat Vétérinaire de Naïma Kasbaoui.
-Si vous voulez, cela ne change pas la longueur de sa langue.
-C'est ce qui vous attire chez cet animal, ce côté économe en cotons tiges.
-Pas seulement, c'est aussi un grand consommateur d'euphorbe, plante très toxique pour l'homme.
-Pour nous résumer, vous chassez les okapis, ici, au bord de la Gironde pour préserver les euphorbes qui permettent aux hommes de s'empoisonner... Comme un planning familiale à posteriori
-Oui
-Avez-vous un permis en bonne et due forme pour ça ?
-Non, je ne suis pas le seul dans ce cas. Les léopards le chassent aussi sans permis.
-Dénoncer ses concurrents n'est pas très élégant, mais je le note... je vous fiche mon billet qu'ils vont avoir à faire à moi s'ils sont en

infraction, comme vous l'affirmez. Vous êtes conscient que vous contrevenez à la loi, l'okapi figure sur la liste rouge des espèces menacées de l'UICN. En effet, son habitat est de plus en plus restreint. Il est possible que maintenant Bordeaux soit hors de sa portée. Même à l'intérieur de la réserve, l'okapi est victime du braconnage, surtout dans le parc national de Virunga. Leur population est estimée de 10 000 à 35 000 individus et la tendance est à la baisse. Cet animal est protégé depuis 1933. L'espèce est en danger depuis décembre 2013. Alors on ne doit pas le chasser !

-En République démocratique du Congo, dans la forêt tropicale de l'Ituri je suis d'accord, mais au nord de Bordeaux il n'y a pas de restrictions.

-Je vais vérifier les textes, mais ne triomphez pas trop, nos parlementaires sont parfaitement capable de faire des lois sur des choses qui n'existent pas. Vous en avez déjà vu dans la région ?

-Non jamais.

-Il n'y en a jamais eu !

-Je sais, c'est pour ça que je suis au chômage.

-Vous n'avez jamais eu d'autres activités ?

-Si, j'avais mis au point une poudre soluble dans l'eau qui éloigne les alligators de nos fleuves... Nous en avons dissous dans les sources de nos fleuves, la Seine, la Loire, le Rhône, la Garonne, le Trèfle.... depuis plus de dix ans des équipes scientifiques du CNRS et de l'INRA font des tests pour prouver l'efficacité de cette poudre. Les résultats sont phénoménaux.... pas un seul alligator n'a été observé.

-Ce n'est pas aussi efficace pour les caïmans ?

-Nous ne savons pas... il n'y a pas eu d'études... à votre place je me méfierai lors de mes baignades.

-Vous avez fait des essais pour les crocodiles ?

-Nous devions le faire, mais le lobby des alligators de Louisiane à fait interdire notre produit chez eux, ce qui en a limité la zone de commercialisation... De ce fait notre budget recherche en a pâti... nous ne connaîtrons pas son action sur les crocodiles... bien qu'à mon

avis, le taux de salinité de l'océan Indien puisse perturber l'efficacité du produit pour les crocodiles marins.
-J'imagine que c'est sans effet sur le gavial du Gange ?
-Nous n'avons pas lancé d'études, pas de marché, le PIB par habitant est beaucoup trop faible.
-Vos vente marchent en France ?
-Non, nos essais nous ont supprimé le marché puisque les alligators ne sont toujours pas revenus sur nos berges... ce qui explique ma nouvelle orientation de chasseur d'Okapi. Pourtant il y en avait nous avons retrouver des squelettes fossilisés à Champblanc dans les carrières de gypse de Cherves-Richemont en Charente, plus de vingt-cinq espèces de crocodiles, gavials, caïmans et alligators.
-J'y pense, je me promène depuis plus de soixante-six ans dans les bois de Charente et je n'ai jamais croisé d'ornithorynque ce ne serait pas un effet secondaire de votre poudre ?
-Je n'en ai pas la certitude, ce marché est très étroit, l'animal n'est pas dangereux.
-Sauf si vous voulez ramasser ses œufs, un coup de bec ou de griffe est vite arrivé... si vous dérangez sa femelle pendant qu'elle allaite ses petits, un coup de queue vous envoie valdinguer et si vous tomber sur une vipère aspic qui fait sa sieste, elle se réveille de mauvais poil et vous injecte son venin.
-J'ai tout misé sur l'okapi.
-Moi, à votre place, j'abandonnerai ce projet trop incertain... si vous réussissez dans votre entreprise, les charges, les impôts, les conventions collectives des chasseurs d'Okapis et j'en passe... feront en sorte de vous conduire à la faillite... Vous connaissez l'état Français et sa façon d'aider les jeunes entrepreneurs... Vous devriez envisager l'expatriation...
-C'est bien, je suis d'accords avec vous, mais où aller ?
- l'île Maurice... Je n'ai pas de conseils à vous donner, à votre place je partirai monter un élevage de Dronte de Maurice... avec la vente des œufs, la commercialisation des confits, la possibilité de foie gras, la

vente des plumes et du duvet, l'utilisation des becs pour faire des lampes, les intestins pour les liens de saut à l'élastique, des pattes à quatre doigts pour réaliser des gratte-dos... de plus, personne sur ce secteur d'activité, pas de concurrence.... Je ne vous cache pas que tout est à faire... Si je pouvais je me lancerai... Mais comme fonctionnaire cela m'est interdit... Pourtant ça me trotte dans la tête depuis des années.

-Pas con, je vais y réfléchir... Pendant un temps j'avais envisagé d'élever des ptérodactyles nains pour les dresser... il y avait un débouché dans le cinéma... mais maintenant avec le numérique et les effets spéciaux....

-Nicole c'est un prénom féminin !

-Moi, ça s'écrit sans E à la fin, c'est masculin... en fait je suis le septième garçon, mes parents espéraient une fille, ils avaient déjà choisi le prénom, fait imprimer les faire-parts... pour ne pas les perdre, leur côté écologistes radins, il m'ont appelé Nicol en collant une gommette sur le E.

-Bon, bon, vous n'allez pas me raconter votre vie... tout de même... auraient pu aller jusqu'à ajouter « AS » sur la gommette... remarquez Nicolas c'est aussi assez pourri comme prénom...

-On ne choisit pas sa famille de naissance.

-Revenons aux choses sérieuses monsieur Nicol ! Où étiez vous dans la nuit du 26 au 27 octobre.

-Sur les bords de la Gironde.

-Vous pouvez le prouver ? Parce que des zigues qui disent être sur les lieu d'un crime alors qu'il n'y étaient pas, j'en ai vu des tas... Il n'est pas né celui qui me couillonnera avec ce genre d'alibi à la con, surtout si près de la retraite. Le coup de : « les meurtres, ce ne peut pas être moi, parce que j'étais sur la scène de crime » faut des témoins sérieux pour que je le prenne en compte.

-J'ai un témoin, un type bourré que j'ai croisé en me rendant sur les lieux, il m'a même demandé si le mois de mai était encore loin.

-Pourquoi le moi de mai ?

-C'est ce que je lui ai demandé.
-Alors ?
-Il m'a dit qu'en mai fait ce qu'il te plaît... comme ça il pourrait picoler sans subir de remontrances.
-C'est pas faux.
-Si j'explique ça à ma femme, je ne suis pas certain qu'elle soit très proverbes.
-Pourtant ce sont les faits... les faits, il n'y a que ça de vrai.
-C'est une agnostique du proverbe.
-Donc, cette fameuse nuit où des pibales ont échappées à la mort puisqu'on avait trucidé les Saloth Sâr génocideurs, vous étiez près du lieu des crimes.
-Oui... Pas sur la tête !
-Pourquoi criez-vous « pas sur la tête » ?
-Dans les feuilletons policiers le suspect le dit toujours.
-C'est parce que le flic lui tape dessus avec un bottin.
-Vous ne le faites pas ? Vous n'avez pas à respecter la norme Iso 9004 ici en Charente? La Cellule Utopiste Libertaire a pris le pouvoir ?
-Depuis que les bottins papiers ont été remplacés par Google, les interrogatoires sont plus softs... il y a bien le taser, si vous le souhaitez, mais avec la baisse des budgets nous n'avons pas eu l'autorisation d'acheter des piles neuves. Je peux faire comme si, je fais le bruit de la décharge électrique avec la bouche.
-Non, c'est dégueulasse, ce n'est pas un vrai interrogatoire... Je commence à comprendre pourquoi certains disent que ce pays est foutu, les vraies valeurs disparaissent, c'est le laxisme partout... comment voulez vous que l'innocent que je suis, finisse par avouer qu'il est coupable... vous êtes en train de décrédibiliser la justice française... si vous n’envoyez plus les innocents en prison comment va faire la TNT pour ses émissions... Vous voulez ruiner Pierre Bellemare... Des coups de pieds dans les tibias... vous ne pouvez pas ?
-Je vous vois venir, vous allez réclamer un médecin pour constater les

traces... vous me prenez pour un débutant ? Je suis en charentaises, c'est moi qui risque un accident du travail en me pétant les orteils sur vos guitares maigrelettes.
-Je voulais juste un vrai interrogatoire, un qui fait trembler, un qui fait faire pipi sur soi... un que je raconterai à mes petits enfants terrorisés.
-Vous avez des enfants ?
-Non je suis stérile, je me suis fait ligaturer l'épididyme, pourquoi ?
-Pour mon rapport.
-Interrogatoire de merde, qu'est-ce que je vais pouvoir raconter à « vie privée » ?
-Vous êtes le genre à vouloir le beurre, l'argent du beurre avec en bonus le cul de la crémière, alors que je suis certain que vous étiez au premier rang pour manifester contre la hausse des impôts.
-Vous m'avez vu ?
-Sur vos échasse, le plus compliqué, ce n'est pas de vous repérer... là, entre nous, vous ne pouvez pas les retirer ?
-J'y suis tellement habitué que si je les retire je vais perdre l'équilibre.
-Pouvez vous me dire ce que vous faisiez près de la scène de crime sur vos échasses ?
-J'arrive bientôt en fin de droits pour le chômage, alors je me suis remis à chasser les okapis pour devenir auto-entrepreneur... vous comprenez ?
-Pourquoi sur des échasses ?
-L'okapi est un animal très craintif, si je suis à pied, qu'il arrête de brouter et relève la tête... que voit-il ? Il me voit, moi, il prend peur et se calte, je reste comme un con l'arc à la main.
-Finement déduit.
-Alors que si je suis sur mes échasses... quand il lève la tête que voit-il ?
-Des échasses... dites, il passe son temps à relever la tête, c'est super craintif comme bestiole.

-Il a toujours peur de voir surgir un léopard.
-Un léopard en Charente... Vous en avez déjà observé ?
-Non, mais lui ne sait pas qu'il n'y a pas de léopards en Charente.
-Pourquoi ?
-Vous avez déjà trouvé un okapi en train de lire une documentation sur la faune charentaise ?
-J'avoue que non, mais lire autre chose non plus.
-Qu'en déduisez vous ?
-Mon hypothèse est que les okapis ne savent pas lire. Remarquez, ils ont des excuses, essayer de tenir un document avec vos sabots. C'est dommage, parce-que pour tourner les pages, leur langue préhensile c'est très pratique.
-Vous me racontiez que votre proie lève les yeux sur vous alors que vous êtes juché sur des échasses... alors que voit-elle ?
-Voilà, pour l'okapi mes échasses sont des troncs ou des piquets, pas de soucis, il se remet à brouter et moi je bande...
-Vous êtes zoophile en plus ?
-Non, je disais lorsque vous m'avez interrompu, je bande mon arc et lui décoche une flèche entre les épaules pour lui atteindre le cœur... comme l'épée pour la mise à mort dans les corridas.
-Vous tirez avec un arc.
-C'est ce que j'ai trouvé de plus silencieux... comme ça, si un autre okapi se trouve dans les parages, je ne le fais pas fuir.
-Très astucieux... Mais deux okapis l'un à côté de l'autre c'est peu probable.
-Je me donne tous les moyens pour réussir, je suis un battant.
-Je vois ça... et... votre arc... pouvez vous me le montrer ?
-Je n'en ai pas.
-Mais vous venez de me dire...
-Dans le cas où il y aurait des okapis.
-C'est juste .
-Comme il n'y a pas d'okapi en bords de Gironde je ne prends pas d'arc.

-Votre logique est imparable... votre alibi tient la route... pourtant on peut dire que je vous ai poussé dans vos derniers retranchements.
-Vous avez d'autres questions ?
-Non, vous êtes libre... il ne peut y avoir de charges retenues contre vous.
-Je vous remercie.
-Vous restez néanmoins à la disposition de la justice, si au cours de l'enquête l'on découvre des okapis, votre alibi s'effondrerait.
-Cela va de soit... je vous souhaite une bonne soirée.
Le téléphone sonne....
-Je ne vous reconduit pas... le téléphone...
-Je vous en prie
-Allô ?
-C'est PK quoi de neuf ? Tu as ton coupable ?
-As tu déjà vu des okapis à Port-Maubert ou sur l'autre rive ?
-Non, déjà dans les forets équatoriales c'est aussi rare que des testicules chez les eunuques... alors sous nos climats...
-Tu confirmes ma thèse.... j'ai relâché le suspect, il a un alibi béton.
-Donc rien de neuf ?
-Je te le confirme !
-Tu viendras au Coq ce soir ?
-Si l'enquête m'en laisse la possibilité... je vais quand même convoquer le témoin en hors-bord... on ne sait jamais....
-Ok, à ce soir Chee.

Chapitre 6

Au restaurant

-Natalia Alekseievna.... Hou Hou, Natacha, Vous êtes là Nata, C'est Naghit... Natochka, c'est Naghit Vladimir Vladimirovitch Mihaïl qui est venu vous chercher Natachenka, Où vous cachez vous Natoulia... C'est Christine....
-Me voilà, j'arrive... Juste le temps de prendre mon sac, je débarque.
-Nous avions rendez vous à 18h, je ne me suis pas trompé ?
-D'heure non, juste de jour... nous sommes jeudi, ce n'est pas grave, je n'avais rien prévu pour ce soir... Tentons le restaurant avec de la chance, en cette saison, trouver une table pour deux ne doit pas être un problème insurmontable.
-Vous venez pieds nus ?
-Non, je descends du bateau et je mets mes escarpins.
-C'est vrai, pas de pompes sur le pont... Vous avez le pied égyptien, on vous l'a déjà dit ?
-Vous êtes connaisseur en pieds ? Un podologue distingué ?
-Je le prends plus souvent que je ne l'étudie. Je m'y suis intéressé pour confirmer ma théorie que les hommes ont plusieurs origines, je penses que la forme des pieds et la pilosité ou non des phalanges permet de définir les différentes familles. Pour les pieds il y en a cinq

catégories, plus une nouvelle.
-Vous m'en bouchez un coin.
-Il faut bien commencer par un endroit, nous ne sommes pas assez intimes. Vous connaissez le proverbe : qui commence par boucher un coin, finit par boucher un milieu.
-Expliquez moi plutôt vos formes de pieds.
-L'Égyptien voit le pouce le plus long, chaque orteil suivant plus court que le précédent, le pied Romain a ses trois premiers orteils à partir du pouce de même longueur, les deux derniers décroissants comme l'Égyptien, pour le pied Grec c'est l'orteil II le plus long, le Germanique a le pouce plus long et les quatre autres doigts plus courts mais de même longueur, le Celtique comme le Grec excepté les orteils IV et V de même longueur.
-Vous ne dites rien au sujet de la nouvelle forme.
-C'est le pied Pistorius en kévlar.
-Vous oubliez les fers à repasser des cul-de-jatte
-C'est vrai, mais plus personne ne repasse de nos jours.
-J'ai pris une grosse fourrure pour la route, votre tacot n'est pas climatisé.
-Refroidit l'hiver et chauffé l'été.
-Je prends ce manteau de vison rasé pleine peau « Canadienne Griffes » il est resserré aux poignet, avec sa capuche c'est idéal pour voyager dans votre bolide.
-Vous avez raison d'être prévoyante très chère, bien que ce soir il fasse même doux pour la saison, comme on dit chez nous, en torpédo B2, l'hiver on se gèlerait les couilles si l'on en avait....
-Vous avez fait rajouter un lecteur de CD
-Juste un Blaupunkt Detroit 2024 pour une musique d'ambiance.
-Que proposez-vous comme accompagnement musical pour couvrir le bruit du moteur ?
-Mozart, en torpédo je n'écoute que Wolfgang Amadeus Mozart... le requiem en Ré mineur dirigé par Herbert von Karajan... cinquante cinq minutes de plaisir pour les feuilles qui nous feront oublier la

route jusqu'à la Rochelle.
-C'est parti, rue des pécheurs, troisième, à gauche la D2, hop en face la D145, à droite la D2 puis la D125... Givrezac.. ; la D732.... rond point quatrième sortie, un petit coup d'autoroute... 72km/h dans la descente.... l'A837/E602 La rochelle/Rochefort.... carte bleue, péage, la N137... sortie D108 Périgny/Villeneuve les Saintes... encore un rond point, cinquième sortie D108... nouveau rond point...ça marche le financement des élections... 1ere sortie avenue Jean Paul Sartre... et allez donc, nouveau rond point... encore la première sortie avenue Jean Moulin, le pont du même préfet résistant, le quai Maubec... à droite Quai Duperré... Guy Victor pour les intimes, un officier de marine mort à Paris en 1846... rue Léonce Vieljeux un Ardéchois armateur et maire de La Rochelle... rue Réaumur... René-Antoine Ferchault de Réaumur le nom complet de ce scientifique polyvalent ne tenait pas sur la plaque... rue des Fagots... plus prosaïque...rue de la Monnaie... encore un rond point... troisième sortie plage de la Concurrence... parking de la discothèque Oxford, le club Papagayo... la pancarte du parking Coutanceau.
L'entrée du restaurant, au sol moquette lie de vin bariolée de rouge, tables cachées par un genre de jupe plissée gris anthracite que recouvre une nappe blanche, fauteuils rouges, jaunes, taupe, marron... Baie vitrée sur la face avec vue sur la mer, rideaux stores écrus, bords rouge en bas, éclairage discret... deux plafonniers genre opaline à trois ampoules... Nous finissons à une table pour deux personnes prés d'un pilier recouvert de glaces fumées avec vue sur des tables de quatre plus gâtées... au bord de la baie vitrée. Faut dire que nous sommes venus pour le menu, pas pour la mer... même si....
En apéritif deux verres de Champagne Billecart Salmon Rosé.
-Qu'a de particulier ce champagne ?
-Qu'en dire ? Le secret de fabrication de la méthode de vinification remonte aux origines de la maison Billecart-Salmon, méthode transmise de générations en générations.... C'est un assemblage de cépage chardonnay, de Pinot Meunier et de raisins Pinot Noir vinifié

comme du vin rouge. Il a été élu meilleur champagne rosé 2010 par la Revue du Vin de France.
-Merci..... dégustons.
-Un peu déçue par le décor?
-Je m'imaginais un lieu un peu plus traditionnel, des murs chargés d'Histoire, pas un cube de béton adossé à une discothèque et un vulgaire café glacier pour touristes ventripotents... espérons que le contenu des assiettes nous fasse oublier le décor, l'environnement... fort heureusement les baies vitrées ne donnent que sur la mer.
-Parlez moi un peu de vous, si ma question n'est pas indiscrète.
-Non, pas d'indiscrétions, je suis d'origine de Crimée, j'ai fait des études universitaires en France et aux US, UCLA en Californie, Los Angeles comme le nom l'indique... J'ai des parts, comme mon mari, dans une société liée à l'industrie chimique et pétrolière en Crimée et en Fédération de Russie. N'ayant ni l'un ni l'autre la nécessité de travailler nous voyageons sur ce petit voilier pour avoir le maximum de sensations.
-Vous parlez de votre mari, je ne l'ai pas vu sur le bateau....
-Nous sommes partis de la Baie Saint-Jean à Saint-Barthélémy ou nous avons une villa. A mi-parcours nous nous sommes disputés, comme à chaque fois qu'il boude, il quitte la maison et ne reviens qu'au bout de quelques jours... j'ai l'habitude... ça ne me tracasse pas plus que ça... il est du genre caractériel.
-Mais cette fois c'était au milieu de l'atlantique.
-Il a fait la même chose, il est allé sur le pont et il a plongé...
-Au milieu de l'océan.... comme ça ?
-Ne vous inquiétez pas pour lui, j'ai relevé la position du bateau à ce moment... je l'ai enregistré sur mon smartphone... tenez...
-Sil vous plaît madame pas de photos des plats pendant le repas, nous pouvons vous fournir des fichiers correspondants..
-Je ne photographiais pas, je cherche une information...
-Je vous présente toutes mes excuses madame... nous vous offrons l'apéritif pour nous faire pardonner.

-Aimable à vous.... Donc j'ai relevé 30° 50' 21,46 Nord et 45° 34' 50,81 Ouest.... vous voyez qu'il n'est pas perdu.
-Ce doit être un bon nageur... vous pensez alerter les secours au bout de combien de jours d'absence ?
-Qui alerter ? En dehors des eaux territoriales... j'étais le capitaine du navire donc le représentant de l'autorité... tant pis pour lui s'il ne retrouve pas le chemin, il n'avait qu'à ne pas faire sa tête de lard comme on dit chez vous.
-Tête de chien si vous mangez Casher ou hallal... le lard c'est du cochon et le cochon c'est Haram.
-InchaAllah
-Il ne vous manque pas ?
-Nullement, je peux en trouver plein pour le remplacer... je n'ai plus envie de CDI, juste des précaires pour l'hygiène et le plaisir... c'est agréable la liberté vous ne trouvez pas ?
Je vous propose nos langoustines vivante de la Cotinière... en premier langoustines à la vinaigrette, ensuite nous aurons l'assiette de langoustines Taï et nous poursuivrons par des langoustines à la verveine citron. Pour accompagner le sommelier vous propose un Montlouis-Clos-de-la-Violette 2010 un vignoble entre Tours et Amboise.
-Merci
-Vous êtes certainement veuve, votre mari a du succomber à une hypothermie s'il a échappé aux requins et autres bestioles qui nous trouvent des plus comestibles... Chacun son tour, là ce sont nous qui les mangeons... à charge de revanche.
-Je serai veuve si je déclarai sa disparition... mais à qui ? Je suis Ukrainienne de Crimée, la Crimée n'est plus Ukrainienne, je n'ai plus de passeport conforme pour les autorités de ma terre natale....
-Vous pouvez être poursuivie pour non assistance à personne en danger non ?
-S'il avait plongé dans vos eaux territoriales, ou éventuellement si j'étais citoyenne française.... ce qui n'est pas le cas..... ne parlons plus

de mon mari, il n'en vaut pas la peine... De toutes façons il est allergique aux langoustines.
-Je commence à me demander si la proposition de croisière sur votre voilier n'est pas risquée pour ma vie, je ne suis qu'un piètre nageur....
-Si vous restez sur le bateau il n'y a aucun risque.... il suffit de ne pas faire le coup des allumettes.... Fumer en apnée demande une préparation minutieuse qui n'est pas à la portée du premier plongeur venu.
-Je ne suis pas fumeur
-C'est reposant cet océan quand il est calme....
-Je passe des heures à regarder l'eau... là, une mouette... toute sa famille qui arrive à la suite du chalutier....
-Nous poursuivrons avec un Civet gourmand de homard breton étuvé dans son beurre de crustacés, accompagné de ses petits légumes de saison et de sa raviole de champignons. Pour accompagner le Homard nous vous proposons un Saint-Aubin 1er cru Murgers-dents-de-Chien 2009 de Vincent Girardin.
-Parfait
-Curieux comme nom pour un vin.... vous pouvez nous en dire plus ?
-C'est un Côte de Beaune, d'appellation Saint-Aubin, un vin blanc issu de cépage Chardonnay... le vignoble se situe dans l'est de l'appellation Saint-Aubin, juste à côté de Puligny-Montrachet. Une vigne qui a 40 ans et se trouve dans une pente moyenne, sur un sol argilo-calcaire. La récolte est manuelle, il n'y a pas de foulage, et l'élevage de 14 mois se déroule en fûts, dont 40% de neufs. Une légère filtration est réalisée avant la mise en bouteille.
Ce vin fin et élégant offre le moelleux caractéristique des Saint-Aubin blancs.
-Merci de vos explications. Si je puis me permettre renouveler 40% de ses fûts chaque année n'est pas logique, 33,33% semblerait plus adapté à une bonne standardisation.
-J'en ferai part au vigneron.
-Merci, je compte sur vous.

-C'est un plaisir.
-Prenons le temps de déguster, nous poursuivrons nos bavardages plus tard...
-Comme dirait mon grand-père « au s'rait doumage qu'au soit manghé par des sots »
-Votre grand-père était gastronome ?
-Non, Charentais, de Saintonge... Il a fait son service militaire à Lunéville mais je ne crois pas qu'il soit allé en Gastronie...
-Nous allons vous faire découvrir notre Bar de ligne sur sa peau croustillée, sauce aromates au basilic, cannelle... associé à son boudin noir grillé. Pour accompagner nous vous proposons un Condrieu-la-Chambée 2010. C'est un vin blanc à robe jaune dorée du nord de la vallée du Rhône, vous trouverez des arômes d'abricots et de pèches rôtis sur une note de violette et de chèvrefeuille.
-Très bien.
-Le silence juste troublé par le bruit des fourchettes ne vous pèse pas trop ? Il m'est nécessaire pour apprécier toutes les saveurs...
-Pas le moins du monde... c'est même une constatation scientifique : moins j'ouvre la bouche pour émettre des sons organisés... pour traduire une pensée, moins je ne m'expose à proférer des sottises...

-Nous allons conclure par un vacherin revisité à la fraise et citron servi avec un Muscat de Rivesaltes Flor du domaine Gardies de 2010... C'est un vin compos é de 70% de muscat petits grains et de 30% de muscat d'Alexandrie issu d'un terroir argilo-calcaire, toujours vendangé à la main... la vinification résulte de la macération pelliculaire pour les petits grains et de pressurage direct pour le muscat d'Alexandrie... suivi d'un élevage de huit mois sur lies fines
-Qu'entendez vous par macération pelliculaire ?
-Lors de l'élaboration du vin, blanc ou rosé, le contact entre la pellicule du raisin et le moût est réduit dans le temps. Or, c'est dans la pellicule que se trouvent l'essentiel des précurseurs d'arôme du vin. La macération pelliculaire permet un prolongement du contact

entre pellicule et moût. Le but de la macération pelliculaire est d'augmenter le potentiel aromatique du futur vin........

-Vous pensez que votre tacot va pouvoir redémarrer pour nous reconduire au bateau...
-Pas de soucis, Germaine démarre au quart de tour
-Ce doit être une clitoridienne ?
-Une citroën.
-Vous avez oublié votre humour ?
-Vous faites bien de me le faire remarquer... J'ai dû le laisser sur le dos de ma chaise au restaurant... installez-vous dans la torpédo... je retourne le chercher et je vous rejoints.
-Monsieur a oublié quelque chose ?
-Mon humour, j'ai dû le laisser sur le dos de ma chaise... près de la colonne en verre fumé.
-Je vais voir Monsieur.
-Désolé, je n'ai rien vu sur votre chaise, j'ai demandé au personnel... personne ne l'a remarqué. Êtes vous certain de l'avoir avec vous en arrivant dans la salle ? Peut être l'aviez-vous laissé sur le siège de votre automobile
-Excuser moi pour le dérangement.
-Je vous en prie, Monsieur.

-Il n'est pas au restaurant.
-Mais vous l'avez sur vous !
-Vous croyez ?
-Certaine, sinon vous ne seriez pas retourné le chercher au restaurant.
-Rions Ah, Ah, Ah...
Je vous attends dans trois jours pour notre mini croisière ?
-Je commence à m'y préparer psychologiquement....
-Un petit coup du requiem en Ré mineur dirigé par Herbert von Karajan... en route mauvaise troupe comme on dit chez vous... je

peux vous posez une question personnelle ?
-Je vous en prie.
-Naghit Vladimir Vladimirovitch Mihaïl.... c'est de quelle origine... ça sonne terriblement comme les noms de chez moi.
-C'est Breton.... Mihaïl... il y a même une branche des Mihaïl en Poitou... pour les prénoms c'est mon père qui avait envie d'emmerder le préposé à l'état civil, lui compliquer la tâche et surtout le provoquer... Le gribouilleur état-civilien était un anti-communiste primaire... très primaire
.-Qu'avez vous fait aujourd'hui ?
-J'ai tourné mon clip vidéo.
-Pour une chanson que vous avez composée ?
-Non, pas si sérieux... j'ai composé le clip de mon enterrement.
-Vraiment, vous plaisantez.
-Pas le moindre.... j'ai tellement vu d'enterrements bâclés qui ne correspondaient pas aux vœux de l'invité d'honneur, le macchabée...
-Faites m'en le pitch....
-Déjà dans les enterrements classiques le mec qui s'occupe d'organiser est un employé de la maison Borniol qui ne vous connais ni d'Eve ni d'Adam.
-Heureusement qu'ils ne travaillent pas uniquement pour leurs amis.
-Je commence par remercier les rares personnes qui sont venues... s'il pleut, gèle ou fait trop chaud je leur recommande de partir pour ne pas attraper mal.... surtout qu'ils ne peuvent attendre de moi la moindre réciprocité. Ensuite je demande aux cons venus par hasard de bien vouloir quitter les lieux... au cas où certains ne se seraient pas reconnus j'évoque quelques noms de ma famille pour éviter tout mal-entendu... Je poursuis sur un éloge de ma médiocrité qui m'attriste et m'en excuse auprès de ceux qui m'ont intellectuellement enrichi et entre-ouvert l'esprit... mais qui me rassure lorsque je me compare à la masse des cons de tous poils et de toutes couleurs... ensuite mon visage devient fixe et je diffuse la chanson de Léo Ferré
Les anarchistes, je poursuit par ni Dieu ni Maitre. Je demande

ensuite que l'on mélange mes cendre à la terre... puis que ceux qui ont tenu à rester, s'il y en a, ouvrent les bouteilles et boivent à ma santé. Pour terminer, je demande que l'on allume la sono pour danser sur les Rolling Stones, les Animals, les Kinks, les Beatles, les Who, le Spencer Davis Group, les Yard Birds et tous les vynils à leur disposition....
Nous voici arrivés.... vous passez cette nuit sur votre bateau ?
-Oui, je dois lever l'ancre tôt demain pour aller à Saint-Martin-de-Ré... je suis tributaire de l'heure des marées.

Chapitre 7

La baronne de Maidoeufs

-Chee, magne toi, je veux voir la tronche de la baronne.
-Juste sa tronche PK ?
-Faut bien commencer par quelque chose... As tu eu du nouveau dans l'enquête ?
-Naghit m'a raconté le dîner avec sa navigatrice... Je me demande si elle ne cache pas quelque chose... Déjà pour son mari... Ce n'est pas de notre ressort mais... Je trouve qu'elle n'est pas claire... Pendant ses escales elle chasse au fusil sous marin, Naghit a vu une arbalète Marlin Revo Concept de chez Beuchat dans la deuxième cabine... Notre arme n'est peut être pas une arbalète terrestre mais une arme pour pêche sous marine modifiée....
-Tu veux dire que la Criméenne fait partie de tes suspects ?
-Je ne peux pas l'exclure... J'ai demandé un rapport sur elle... ça ne va pas être facile à cause de la situation politique de son pays... Suspect elle le devient surtout si elle s'est réellement débarrassé de son mari au beau milieu de l'atlantique... Ce n'est pas le genre de détail qui vous donne un à-priori favorable.
-Naghit va passer une journée sur son bateau, tu crois qu'il doit

flipper ?
-Qu'il garde les yeux ouverts.
-Les yeux ouverts mais les narines fermées pour tenir en apnée... Tu as l'adresse de miss nib-à-l'air ?
-C'est une grande propriété qui donne sur la rue des Lilas à Mortagne-sur-Gironde.
- As-tu pris des renseignement sur la Baronne ?
-Pas de casier judiciaire, juste des contraventions routières... Très discrète malgré ses excentricités dermatologiques... Je ne trouve rien à dire, tant que cela se passe entre adultes consentants...
-Ils sentent quoi ? Moi je le suis et elle ne m'invite pas !
-Consentant en un seul mot.
-Je savais qu'il y avait un biais.
-PK !... Curieux, deux contraventions le jour du crime pour excès de vitesse à 50 minutes d'intervalle, flashée au même endroit, sur la D732 à Saint-André-de-Lidon par le radar de la Merletterie sur la route de Cozes à Gémozac... une fois en direction de Gémozac le 27 octobre à 1h 45 , la seconde fois à 2h 35 en direction de Cozes .
-Où pouvait-elle aller aussi vite ?
-Flashée à 98km/h les deux fois... à cet endroit rouler à plus de 70 c'est limite... Est-elle parente avec Maria Teresa De Filippis, Lella Lombardi, Davina Galica, Désiré Wilson, Giovanna Amatielle ou Maria de Villota pour rester sur l'asphalte à cette vitesse. Sur cette route elle ne pouvait aller qu'à Pons
-Logique, par contre je ne vois pas ce qui presse d'aller à Pons... surtout de nuit. Déjà de jour l'animation est modérée... De nuit ?
-Elle voulait peut être se confesser d'urgence à la Chapelle Saint-Gilles....
-L'Antre-2, le club échangiste n'est pas à Pons, c'est à Saint-Jean-d'Angély... Putain de baraque, se fait pas chier la pompeuse de braquemarts.
-PK, tu me laisses faire, surtout tu fermes ta gueule. Promis... Je sonne.

-Ces messieurs désirent ?
-Nous souhaitons voir madame Maidoeufs !
-Ces messieurs ont pris rendez vous ?
-Chee tu te rends compte, le loufiat nous demande si nous avons rendez vous... Vas dire à Miss éponge à sperme que c'est la police qui veut lui jacter et ce, nos châsses au fond de ses mirettes, vu ? allez fissa !
-PK !
-Je vais prévenir madame Nadine Nelly Jeannette Clitogin Baronne de Maidoeufs de votre présence.... si ces messieurs veulent prendre la peine de me suivre jusqu'au boudoir.
-Eh comment qu'on te suit, t'entends ça Chee, l'obséquieux sapé comme une guêpe nous demande si on veut le suivre.... tu crois que nous sommes venus jusqu'ici pour faire le pied de grue sous ton porche. Qu'on s'est fait secouer le cul sur tes routes défoncées pour se faire recevoir comme de la valetaille en recherche d'emploi !
-PK !
-Suffit de lui parler du genre impératif, les loufiats ça ne comprend que les ordres, faut pas discuter, tu perds ton temps... ce n'est pas en cinq minutes que tu vas le convertir, lui faire comprendre qu'il doit recouvrer sa dignité... Si ça se trouve n'en a jamais eu, ne sais même pas dans quel rayon ça se trouve dans son magasin de bricolage préféré... Sont loufiats de père en fils, c'est génétique, ils croisent les plus dociles entre eux pour en faire des carpettes résignées. Ils sont issus d'un élevage appartenant à miss je me beurre les miches à la bave de cagouilles, la Baronne de l'éjaculation faciale dans le vouvoiement. J'sui sûr que c'est le genre de bonne femme qui te pond des bouquins pour t'apprendre les bonnes manières, pour savoir si tu te branles sur elle de la main gauche ou de la droite.
-PK, si tu ne la ferme pas, et ce définitivement.... nous repartons immédiatement et je reviendrais seul pour interroger la Valkyrie.
-Guerrière peut être mais pour le coup de la virginité je n'en mettrais pas ma main au feu.

-PK !
-Mais c'est toi qui me provoque.... c'est bon je fais mon Hollande devant Merkel.
-C'est ça ferme ta gueule.
-Madame, mes hommages, Chee Abraham Gilad de la police criminelle.
-Enchantée, bien que les circonstances ne s'y prêtent guère j'imagine. Nadine Nelly Jeannette Clitogin baronne de Maidoeufs que puis-je pour votre service.
-Nous sommes ici pour recueillir votre témoignage concernant votre présence dans la nuit du 26 au 27 octobre... enfin... des témoins vous ont signalée sur l'embouchure de la Gironde, nous souhaiterions savoir si vous avez observé des pêcheurs de pibales... si vous avez noté des faits anormaux...
-C'est exacte, je circulais sur ma barque, que je laisse au mouillage à Port-Maubert, pour profiter de la rosée en formation. C'est un remède très efficace pour la santé de la peau.... D'autres font du footing, moi je profite de ce fin brouillard en formation au petit matin.
-Quelle heure était-il lorsque vous étiez sur cette barque ?
-Je ne peut vous le dire avec précision... je ne pensais pas avoir à m'en justifier... je crois un peu plus d'une heure du matin...
-Ensuite qu'avez-vous fait ?
-J'ai du aller en urgence à Pons, mon fils est interne au Lycée Emile Combes... il faisait ses révisions et venait de s'apercevoir qu'il avait oublier un devoir à rendre pour le lendemain matin... je lui ai apporté aussi vite que j'ai pu.
-De votre barque avez-vous vu des pêcheurs de pibales sur la rive gauche de la Gironde.
-J'ai aperçu leurs petites lampes mais je ne me suis pas attardée pour savoir ce qu'ils faisaient, j'avoue que je n'étais pas rassurée, je suis restée au large, hors de portée... de ce fait je ne les ai pas vu de suffisamment près pour pouvoir les reconnaître, éventuellement.

-Chee, viens voir cet appareil....
-C'est une invention de mon fils... une mini catapulte pilotée par ordinateur... elle est couplée à un faisceau laser qui calcul la distance et l'angle de visée, d'un GPS qui prend en compte le déplacement de la catapulte par rapport à sa cible, d'un anémomètre qui intègre la force du vent et sa direction... et d'une balance de précision pour le poids du projectile... s'il est de forme régulière nous avons une précision de l'ordre du cm. C'est un travail qu'il présentera à INNOROBO au centre des congrès de la cité internationale de Lyon... c'est un petit génie informatique en son genre... c'est lui qui a écrit le logiciel de pilotage de la catapulte, il a aussi réalisé toutes les interfaces pour récupérer les données des différents accessoires de mesure.
-Il a d'autres réalisations à son actif ?
-Sur celle là, il y a deux ans de travail.... quand il était plus jeune, sa première réalisation a été un tourne page pour partitions... il suffisait de scanner les partitions dans l'ordinateur, ensuite le micro captait les sons, l'ordinateur commandait le bras du tourne page au bon moment...
-Génial, il l'a commercialisé ?
-Non il a trouvé que c'était dépassé, il a depuis remplacé la partition papier par une partition sur écran LED qui affiche les portées au fur et à mesure du jeu de l'interprète... y-a-t-il autre chose que vous souhaitiez savoir ?
-Non, c'est parfait madame la Baronne, votre aide nous est précieuse.
-Chee, on pourrait peut être voir la salle des traitements... si Nadine nous faisait une petite démonstration... Madame la Baronne nous a d'entrée de jeu proposé ses services.
-PK !
-Que veut dire votre collaborateur ?
-Rien, je suis confus, il outre-passe ses attributions, encore une fois je vous prie de l'excuser... nous allons prendre congé.
-Mon major d'homme va vous reconduire....

-PK si tu continues à l'ouvrir pendant mes enquêtes, je vais me dispenser de ta présence.
-Pourquoi n'as tu pas demandé à voir sa salle de gang bang... si ça se trouve elle s'entraîne pour battre le record de Lisa Sparks qui s'est tapée 929 mecs en une journée le 16 octobre 2004 lors du salon EROTICON de Varsovie... à raison de 3ml par éjaculât, la Lisa c'est fait mettre presque deux litre huit de foutre... de quoi faire des centaines de tubes de crèmes pour la baronne de mes deux.....
-De Maidoeufs PK.... Ce devait être convivial.... c'est inspiré de la chanson de Brel au suivant... si, au départ elle avait le feu au cul, ta Lisa Sparks, en fin de journée elle devait avoir le cul en feu... Je te paris qu'elle n'a pas retenu tous les prénoms de ses généreux donateurs... un genre de spermathon... ça en fait des gamètes mortes au champs d'honneur... il y avait de quoi repeupler la planète.
-Je pense à un truc, suppose que ta baronne installe l'invention de son fils sur sa barque, elle lance un projectile derrière le pécheur, il se retourne pour voir qui arrive derrière lui, normal le mec braconne il est donc sur ses gardes....il cherche d'où vient le bruit et hop elle lui décoche son carreau d'arbalète pendant qu'il a encore la tête tournée.... et tire le carreau avec le mot dans la poitrine quand il se retourne pour voir qui vient de le frapper en traître... dans un dernier réflexe.... Pas obligé que le tueur vienne de la terre, ce qui expliquerait l'absence de traces....
-Comme on dit chez Bouygues, elle a un alibi béton qui confirme son aller retour à Pons, les photos du radar qui l'a flashée à deux reprises le prouvent. On n'as pas trouvé de projectiles derrière les victimes....
-Si elle a balancé des trucs genre bouts de bidoche ou fruits il y a belle lurette que les bestioles les auront bouffés.
-Elle a un alibi je te dis.
-Dommage, tu ne m'enlèveras pas de la tête qu'on aurait quand même dû lui faire une fouille à corps...
-PK, ta gueule !

-Tu vois pourquoi il y a de moins en moins de vocations dans la police... c'est à cause de mecs comme toi, des mecs pas assez fun.
-PK, ferme la un moment, j'ai un appel... OK, oui je les ai demandés... c'est sympa d'avoir coup-de-circuité les voies officielles, c'est important pour mon enquête, j'ai trois cadavres sur les bras... oui... oui... oui... je me doutais d'un truc de ce genre... merci
-Qui c'est ?
-Le plombier...
-Non, déconne pas Chee...
-Mes renseignements sur Natalia Alekseievna, la copine de Naghit.
-Alors ?
-Un ami à l'ambassade de Fédération de Russie vient de m'appeler... A seize ans elle a été abusée par trois marins en escale à Helsinki fin 1971... Son père avait un poste à l'ambassade... il n'y a pas eu de poursuite, leur bateau avait repris le large le lendemain quand elle a été retrouvée à demi-morte dans un hangar du port. Il ne connais pas leur nationalité ou ne peut me la communiquer... La diplomatie.
-Tes pêcheurs de pibale tu connais leur passé ?
-Je vais me renseigner pour voir s'ils n'ont pas fait leur service national dans la Royale ou servi dans la marchande.
-J'espère que Naghit n'a jamais été marin... à sa place je flipperais à mort pour la petite croisière... s'il s'est trop parfumé pour son rendez-vous galant, les crabes vont encore gueuler que sa viande a un mauvais goût.
-Je vais devoir l'interroger sur son emploi du temps de la nuit du 27.

-

Chapitre 8

Le rendez vous du Coq

-Salut Naghit, Lev, PK, Nachs, Lillith, Anita.
-Salut Chee.
-Qui a mis cette musique de merde ? Ce n'est quand même pas l'un de vous ?
-C'est le gros tatoué devant le juke-box, c'est un fan de Johnny... nous avons déjà eu droit à « Cheveux longs Idées courtes » et maintenant il nous gratifie de « Kili watch ».
-Je ne sais pas s'il a l'intention de nous passer l'intégrale du philosophe des bikers à QI de moules d'élevage... mais là il commence à me gonfler sévère.
-Patience PK, t'es gaulé comme une portion de frites de Mac-Do, je te signale que lui fait au moins 110kg et va te toiser de son mètre quatre vingt dix... minimum....
-Pas de problème, tu vas voir comment la ruse et la rage font plus

Kili watch
Kili watch
Kili watch

Kili kili kili kili watch watch watch watch
Keom ken ken aba

Depuis deux jours je ne fais que répéter
Ce petit air qui commence à m'énerver

Oui ! Kili kili kili kili watch watch watch watch
Keom ken ken aba

que patience et longueur de temps.
-Salut jeune homme, beau blouson... c'est original sans les manches... c'est la photo de Johnny dans le dos.
-Bah ouais t'as pas reconnu ?
-Tu ne sais pas s'ils font les mêmes pour homme, mon copain trouve la coupe géniale... il aimerait le même avec la photo d'un vrai rocker genre Jerry Lee Lewis pour ne pas avoir l'air con.
-Bah que tu m'prends pour une gonzesse. Fais gaffe à ta gueule que je vais te la refaire que même ta mère y te reconnaît plus... bouffon va.
-Sympa toutes ces bagues à tête de mort... tous tes doigts sont équipés...
-Bah ouais, dans la bande on fait biker pas danseuse étoile. Wouha que oui.
-Dommage que tes ongles soient si crades... bien que le noir, avec les têtes de mort, ce soit cohérent.
-Bah, ouais je suis un manuel, j'a bichonné ma Harley.... j'suis pas un poseur comme toi. Que je travaille avec mes mains, que c'est plus utile que la tête pour faire la vidange de ma Iron 883.
-Vous partagez tout avec Johnny ?
-Bah ouais... mais lui qu'il a une V-Rex à moteur 1250 cm3 Harley

C'est contagieux car au lieu de dire bonjour
Mes voisins en me croisant chantent à leur tour

Kili !

Kili watch !

Kili Kili watch
Kili Kili watch
Kili Kili watch
Kili Kili watch
Kili Kili watch
Kili Kili watch
Kili Kili watch
Kili Kili watch
Kili Kili watch
Kili Kili watch
Kili Kili watch
Kili Kili watch

Kili watch !
Kili watch !
Kili watch !

Kili kili kili kili watch watch watch watch
Keom ken ken aba

J'ai consulté le docteur de mon quartier
En moins d'une heure je l'avais contaminé

Ouais ! Kili kili kili kili watch watch watch watch
Keom ken ken aba

Le directeur d'un asile m'a enfermé
Le lendemain il chantait à mes côté

Davidson, qu'il y a écrit Johnny Hallyday sur les jantes et Jean-Philippe Smet sur la carrosserie... c'est comme qui dirait le patron.
-Son intelligence, vous vous la partagez entre tous les mecs de ta bande... je commence à te situer.
-Bah tu commences à me prendre le citron avec tes questions.
-Le bandana sur la tête c'est super classe.... ça ne gène pas pour le casque ? Remarque ça cache ta calvitie.
Bah ouais, mais nous on met pas de casque. Le bouffon, j'ai pas de clavicie, j'ai perdu mes tifs à cause du casque... que je le porte plus.
-Les piercings c'est aussi un signe distinctif de votre bande. J'ai vu des tribus de papous qui avaient un peu le même genre... avec l'os dans le nez
-Bah ouais, c'est que nous on n'est pas des gonzesses comme tes copains... nous qu'on est des rockers comme Johnny.
-Il y aussi des femmes qui ont des piercings.
-Des bikeuses femmes, mais elles montent derrière la moto.... que c'est nous qui pilote.

Kili kili kili kili watch watch watch watch
Keom ken ken aba

Les infirmiers pris de peur m'ont relâché
Voilà pourquoi vous aussi vous chanterez

Kili kili kili kili watch watch watch watch
Keom ken ken aba

Ah ! Mes amis n'écoutez pas cet air là
Car vous risquez de finir tout comme moi

Kili Kili watch
Kili Kili watch
Kili Kili watch
Kili Kili watch
Kili Kili watch
Kili Kili watch
Kili Kili watch
Kili Kili watch
Kili Kili watch
Kili Kili watch
Kili Kili watch
Kili Kili watch

Kili watch
Kili watch
Kili watch

Watch

-Super tes tatouages... Johnny sur le bras droit.... sur le gauche... l'épaule c'est Sylvie Vartan, dessous qui est-ce ?

**-Sylvie c'est la maman de David qu'a fait Monégasque avec la Pastor.
-C'est vrai qu'il a fiscalement une tête de Monégasque... ce doit être de famille. Tu m'as pas dit pour le deuxième tatouage.
-Bah c'est sa deuxième femme Babeth... tu connais pas ? Bah c'est Elisabeth Etienne que c'est son nom... Que nous on dit Babeth... et me demande pas pourquoi c'est comme ça.
-Son diminutif je présume
-Qu'est-ce que tu m'embrouilles avec tes tifs, courts ou longs qu'est-ce que ça peut te foutre, y est pu avec.
-Je ne me souviens pas d'elle.
-Que il a duré que deux mois son mariage, que l'encre du tatouage qu'elle n'était pas séchée.
-Dessous je reconnais Nathalie Baye.
-Que c'est la maman de sa fille qui fait actrice dans le cinéma... ah que oui qu'elle est bonne.
-Elle devait s'endormir en l'écoutant, ils ne sont plus ensemble non plus. Ne cherche pas, même celle là qui est un peu primaire est trop compliquée pour toi... Dessous c'est Adeline Blondieau la fille de son pote Long Chris... la dernière Læticia Marie Christine Baudou... faut qu'il reste avec... il n'y a plus de place sur ce bras.
-Bah j'ai rien sur les jambes... dit mec pourquoi que tu me causes ?
-Je voulais te demander de ne plus mettre cette musique de merde ça me casse les oreilles, plus grave, tu pollues les feuilles délicates de mes potes.
-Comment toi tu me parles de Johnny, t'as pas vu comment t'es taillé... tu veux mourir avant l'âge de ta mort ou quoi ?
-OK, mon gros, tu le prends comme ça, je te propose de sortir du troquet pour nous expliquer entre hommes...
-Où que t'as vu un autre homme que moi, y a que des tapettes ici.
-Sors, si tu n'as pas la trouille... des fois, les gros plein de soupe comme toi, ce n'est que de la gueule.
-Bah, ouais que je sors tout de suite, je vais te démonter ta gueule... te latter le bide à coup de santiags... tu vas regretter d'avoir né....**

Revenant de son essais de communication en milieu urbain PK pousse la porte, débranche le juke-box pour annuler la programmation en cours... Choisit les nouveaux morceaux, programme Heart of Stone, The Last Time, Satisfaction, Hitch Hike, Good Time, I'm Alright, The Under Assistant West Coast Promotion Man, The Spider and the Fly, little red rooster... revient à la table des habitués.
-PK, qu'as tu fait de l'amateur du grand rocker français ?
-Un coup de Taser X26 que j'avais emprunté à Chee... quand il a repris ses esprits j'ai gueuler et sortant mon larfeuille Police des jeux... je l'ai menacé de le foutre en garde à vue s'il ne décanillait pas illico.
-Putain, c'est pas vrai, je ne t'ai pas vu quand tu me l'as piqué... tu sais que je risque gros avec tes conneries si le type nous dénonce... s'il revient avec sa bande que feras tu ?
-Je prends ton flingue et je tire dans le tas. Je vais les transformer en passoires, à contre jour, avec les rayons de soleil qui passent dans les trous, tu pourras faire des photos artistiques. Faudrait de la fumée qui traverse les rayons pour rendre le truc artistique. Tu pourras exposer aux rencontres d'Arles.
-T'es un malade mec.
-Ne vous ai-je pas débarrassé de cette musique de merde ? Ne l'ai-je point remplacée par des trucs écoutables ? Remerciez-moi mes amis.
-Je ne critique pas le résultat, je suis plus dubitatif sur la méthode c'est tout.
-Moi, PK, j'aimerai que tu me demandes l'autorisation pour utiliser le matériel de l'état !
-Si je te le demande tu me donneras ton accord ?
-Certainement pas !
-Tu vois que c'est inutile de te le demander.
-Sinon Chee ton enquête avance ?
-J'ai des suspects potentiels, ma liste pour autant n'est pas close...

Naghit lui même peut très bien faire un bon suspect.
-T'as raison, sous l'influence des mojitos, parfois, je ne suis plus moi même, je pars dans l'espace de ma conscience, j'applique les enseignements de Maharishi Mahesh Yogi, la méditation transcendantale... ou, si je suis dans un bon jour, la Vipassana Bhavana.... parfois je m'évade en voyage astral... mon esprit se dissocie de mon corps et poursuit son exploration de l'espace environnant, mon quart d'heure de transe ecsomatique... alors savoir si je trucide ou pas des avorteurs d'anguilles n'est pas ma préoccupation immédiate.
-Tu seras interrogé comme les autres, ta copine la navigatrice aussi.
-La miss gang-bang ? Fait-elle toujours partie de tes suspects ?
-Non, elle a un alibi, elle s'est fait flashée à cinquante minutes d'intervalle sur la route de Pons où elle allait porter des cours que son fils, interne au Lycée, avait oubliés...
- C'est bien sa tronche sur les clichés ?
-Sûr que c'est sa bobine. La photo est en haute résolution...
-A quelle heure tes photos ?
-Les flashs à 1h 45 et à 2h35.... Elle a quitter Port-Maubert vers 1h 15... En partant du radar pour faire l'aller retour Pons c'est cohérent...
-Tu es certain qu'il n'y a que cinquante minutes entre tes deux clichés ?
-L'heure est inscrite sur les clichés à la seconde près, ainsi que la date de dimanche 27 octobre.
-PK, t'es salaud de laisser Chee se faire balader par miss pompe-à-sperme.
-Que veux tu dire Lev ?
-Que le 27 c'est la nuit où l'on passe de l'heure d'été à l'heure d'hiver... qu'à trois heures du mat il est deux heures... que sa balade à la miss lui a pris 1h50 et non 50mn... tu ne lui as pas demandé ce qu'elle à fait pendant l'heure en plus ?
-Tu vois Chee, Je t'avais dit qu'il fallait lui faire une fouille à corps...

de plus avec le truc de son fils elle pouvait lancer un projectile derrière les mecs pour les trucider à l'arbalète... sans bruit avec sa barque électrique.
-Nous n'avons pas retrouver de projectiles autour des cadavres !
-Chee, as tu pensé à des glaçons, des glaçons sphériques pour augmenter la précision de sa catapulte... quand tu viens inspecter les lieux, les glaçons sont fondus, ce soir là, la température était douce.
-C'est une hypothèse recevable, je vais la convoquer pour qu'elle me donne une explication sur cette heure supplémentaire....
-Faut lui faire une fouille à corps !
-Ta gueule PK.... tu m'emmerdes avec tes fouilles à corps... cette heure en plus, ça ne fait pas d'elle une coupable pour autant... La copine de Naghit a été violée par trois marins alors qu'elle n'avait que seize ans... Elle a déjà oublié son mari au beau milieu de l'atlantique... pourquoi ne serait elle pas là pour se venger... on ne sait pas ce qu'elle faisait avant d'entrer dans le chenal de Port-Maubert. Détail intrigant, Naghit à remarqué un fusil sous-marin sur son bateau... c'est aussi une suspecte plus sérieuse que la baronne.
-Commissaire Bourel... tu ne veux pas que l'on parle d'autres choses... les filles sont parties voir la vitrine du marchand de pompes, elles semblaient dire qu'il refaisait les Stéphane Kélian. On devait les gonfler avec nos suppositions sur ton enquête... Je présume que Lillith connais tous les détails. Anita doit être crevée, cette année elle a ouvert sa boutique de bondieuseries exceptionnellement deux fois... le jour normal du vendredi Saint et une journée spéciale le 13 mars pour le premier anniversaire de l'élection du pape Jorge Mario Bergoglio et la retraite de Joseph Aloisius Ratzinger.
-Naghit n'étais pas là pour la présentation de Lillith et d'Anita.
-On ne va pas tout recommencer, Naghit, tu lis le bouquin « Anarchie Meurtres Sexe et Rock' roll pour te mettre au parfum.... Tu le commande à la Fnac pour avoir la version 2.1, la seule certifiée mise à jour... s'il y en a d'autres comme toi.... même ordonnance, même

traitement....
-Puisque nous sommes entre hommes, j'ai réussi à avoir des invitations pour une soirée dînatoire UMP dans le cadre local... J'ai quatre places... j'ai pensé que l'on pourrait refaire le coup de la bite dans l'assiette... pendant le discours de l'orateur, nous ouvrons nos braguettes, nous sortons popol en le taquinant pour qu'il soit en meilleurs dispositions, nous nous levons doucement de notre chaise, juste le sexe à hauteur de l'assiette... nous le déposons délicatement dans l'assiette, en évitant les feuilles de salade vinaigrée cette fois, avec en main le couteau et la fourchette nous faisons mine de le couper... sur le moment personne ne s'en aperçoit, l'attention captée par l'orateur... orateur qui lui est tourné dans notre direction... il est obligé à un moment ou un autre de nous découvrir... ça doit perturber le débit de son allocution... le faire hésiter en concentrant son regard sur notre simulacre... les auditeurs se tourneront pour regarder ce qui le trouble... à ce moment là, tous les quatre en chœur nous gueulerons que la viande n'est pas cuite, que c'est inadmissible, que l'animal bouge encore, que cette réunion est un scandale tout en quittant la salle deux par deux, de front, chacun un doigt dans l'anus de l'autre... au niveau de l'anus... c'est une comédie on n'est pas obligé de l'enfoncer... en chantant : et bite, et bite, et bite au cul, il est des nôtres il a mis son doigt dans mon cul comme les autres.... Si nous ne gagnons pas une invitation pour le banquet d'investiture de Sarkozy pour 2017 c'est à désespérer de la politique.
-Vous avez trouvé votre bonheur les filles ?
-Des Biche 1 de couleur beige pour Lillith, moi je me suis pris une paire d'Opera Bronze-Multicolore.
-Anita, si tu les portes pour vendre tes Saintes-Vierges phosphorescentes tu vas attirer tous les séminaristes, si en plus tu les mets avec ta mini-robe en soie imprimée Abira de Karl Lagerfeld... portée sur ton soutien-gorge baleiné en tulle stretch avec les finitions en dentelles Tara de chez Yasmine Eslami... Il va y avoir de l'éjaculation sous les soutanes...

-Tu ne voudrais pas que je sois en robe de bure.
-Toi Lillith tu les portes avec quelle tenue ? pour tes conférences ?
-Pour mettre avec ma robe Michael Michael Kors... je retourne à UCLA pour une conférence sur « l'incontinence chez le tourteau-dormeur »
-Le quoi ?
-le Cancer pagurus.... le poupart.... le crabe de lune.... le poing-clos.... l'ouvet.... the edible crab. Tu vois ?
-Comme il vit dans la mer il n'a pas besoin de couches Confiance...
-PK, tu nous remets de la musique, ta sélection est arrivée à son terme.... choisis nous des trucs dansants... j'ai envie de prendre Anita dans mes bras.
-C'est parti les jeunes....
-Nachs tu ne danses pas... qu'as-tu ? on ne t'entend plus depuis notre arrivée au Coq.
-Tu me dis toujours que ma communauté représente moins de 1%, qu'on entend, ne voit que nous... je respecte mon quota de temps de parole.
-Putain t'es con quand tu ne fais pas le juif, tu entres dans nos quotas... Lorsque l'on s'est connus, tu ne te référais jamais à cette religion que d'ailleurs tu ne pratiques pas... comme si je me revendiquait catholique alors que je n'ai jamais bouffé une hostie de ma vie... regarde Lev et Anita eux ils dansent, ne se posent pas de questions pour savoir si une religion définie une race... enfin

When a man loves a woman
Can't keep his mind on nothin' else
He'd trade the world
For a good things found

If she is bad, he can't see it
She can do no wrong
Turn his back on his best friend
If he puts her down

When a man loves a woman
Spend his very last dime
Trying to hold on to what he needs
He'd give up all his comfort
And sleep out in the rain
If she said that's the way
It ought to be

When a man loves a woman
I give you everything I've got
Trying to hold on to your precious love
Baby, baby please don't treat me bad

When a man loves a woman

les trucs pour qu'existent les racistes. Si cette race est la race sémite qui ne désigne pas une race mais des êtres qui partagent en commun une langue sémitique ... Si le fait de parler une langue te fait intégrer une race je vais avoir besoin de reprendre mes cours de génétique. C'est quoi le but de la manœuvre?

Deep down in his soul
She can bring him such misery
If she is playing him for a fool
He's the last one to know
Loving eyes can never see

Yes when a man loves a woman
I know exactly how he feels
'Cause, baby, baa......by,
When a man loves a woman

-C'est plus compliqué que ça....
-Si c'est compliqué laisse tomber c'est une connerie !
-Lillith ça te dit ? C'est un rock... Chee tu permets ?
-Oui je permets si tu n'approches pas ton corps de plus de 7cm du sien.
-Pourquoi 7cm.... tu vas nous suivre avec ton décimètre pour voir si je respecte tout le temps la distance ?.
-7cm parce que je te connais, dès que tu vas t'approcher d'elle, tu vas triquer comme une libellule... et Lillith trouve ça déplaisant.
-7cm.... connard !
-Chee s'il te plaît ne parle pas pour moi ! Si j'aimais ressentir que je lui fait de l'effet.
-Laisse tomber Lillith ton mari est dans l'humour de cour d'école.
-Tu t'en fous... tu l'allumes, après il va venir se finir sur ma jambe comme un caniche abricot de

One, Two, Three O'clock, Four O'clock rock,
Five, Six, Seven O'clock, Eight O'clock rock.
Nine, Ten, Eleven O'clock, Twelve O'clock rock,
We're gonna rock around the clock tonight.

Put your glad rags on and join me hon',
We'll have some fun when the clock strikes one.
We're gonna rock around the clock tonight,
We're gonna rock, rock, rock, 'till broad daylight,
We're gonna rock, we're gonna rock around the clock tonight.

When the clock strikes two, three and four,
If the band slows down we'll yell for more.

When the chimes
ring five, six, and seven,
We'll be right in seventh heaven.

rombière.
-Nachs, ne reste pas sur ta chaise on croirait que t'as fait dans ton benne.... Invite Chee il fait tapisserie...
-Tu ne peux pas parce qu'il est goye ?

When it's eight, nine, ten, eleven too,
I'll be going strong and so will you.
When the clock strikes twelve we'll cool off then,
Start rockin' 'round the clock again.

-PK t'es vraiment lourd. Je crois qu'un jour je vais te péter la gueule... ça nous fera du bien à tous les deux.
-Tu penses faire ça tout seul ?
Nachs se met à chanter sur l'air de You can't always get that you want

-Je l'ai vu aujourd'hui à la réception
Une coupe de vin dans sa main
Je savais qu'elle allait rencontrée sa connexion
A ses pieds était un homme libre de toute attache
Vous ne pouvez pas toujours obtenir ce que vous voulez
Vous ne pouvez pas toujours obtenir ce que vous voulez
Vous ne pouvez pas toujours obtenir ce que vous voulez
Mais si vous essayez parfois vous pourriez bien trouver
Vous obtiendrez ce que vous voulez

Je descendit à la démonstration
Pour obtenir ma juste part de l'abus
En chantant "On va évacués notre frustration
Si on ne l'évacue pas on va faire sauter un fusible de 50 ampères"
Vous ne pouvez pas toujours obtenir ce que vous voulez
Vous ne pouvez pas toujours obtenir ce que vous voulez
Vous ne pouvez pas toujours obtenir ce que vous voulez
Mais si vous essayez parfois vous pourriez bien trouver
Vous obtiendrez ce que vous voulez
Je descendit à la pharmacie Chelsea
Pour obtenir ton médicament sur ordonnance
J'était debout dans la fille avec M. Jimmy
Et un homme, qui avait l'air assez malade
Nous avons décidé que nous voulions un soda
Mo parfum préféré, crise rouge
J'ai chantais ma chanson avec M. Jimmy

Ouais, et il a dit un mot pour moi, et c'était "mort"
Je lui ai dis
Vous ne pouvez pas toujours obtenir ce que vous voulez
Vous ne pouvez pas toujours obtenir ce que vous voulez
Vous ne pouvez pas toujours obtenir ce que vous voulez
Vous obtiendrez ce que vous voulez
Vous ne pouvez pas toujours obtenir ce que vous voulez
Vous ne pouvez pas toujours obtenir ce que vous voulez
Vous ne pouvez pas toujours obtenir ce que vous voulez
Mais si vous essayez parfois vous pourriez bien trouver
Vous pourrez bien trouver
Vous obtiendrez ce que vous voulez

-Que t'arrive-t-il Nachs... tu m'as bluffé, un moment j'ai cru être devant Jean-François Grandin imitant John Robert Cocker.

-Ce n'est pas un pain dans la gueule que tu vas te prendre... mais un coup de boule entre les yeux... T'as pas reconnu, la chanson des Stones ?

-Les Stones chantent en français ? Depuis quand ?

-Mais non, eux chantent en British, moi j'ai chanté l'adaptation en français pour que tu entraves le sens des paroles. J'ai cru comprendre que tu maîtrisais encore moins le Shakespeare que le Molière ce qui n'est pas peu dire... Tu as vu mon jeu de scène ?

-Ah ! c'était un jeu de scène... je croyais que tu essayais de faire tenir ta kippa sur le sommet de ton crâne, d'où ces trémoussements un peu raides.

-Arrête tes vannes anti-sémites, j'ai le front qui me démange... il a une folle envie de câliner ton pif. Tu vas avoir le raisiné qui gicle jusque sur tes pompes.

Chapitre 9

Chee, les interrogatoires

-Je vous ai convoquée ce matin, madame Nadine Nelly Jeannette Clitogin baronne de Maidoeufs parce que vous ne m'avez pas tout dit sur votre emploi du temps de la nuit du 26 au 27 octobre. Sans le passage de l'heure d'été à l'heure d'hiver, vos déclarations tenaient la route. Les photos du radar de la Merletterie confirmaient vos dires, seulement voilà, madame la baronne de Maidoeufs, maintenant il y a un trou d'une heure dans votre alibi.
-Je suis obligée de répondre à ça ? Ne me dites pas que vous me soupçonnez. Regardez moi, ai-je l'air d'une femme qui assassine ses contemporains... Vos informateurs, j'imagine, me décrivent plus comme une personne offrant du plaisir, que sous les traits d'une femme donnant la mort... Parfois j'aide à la petite, mais en aucun cas la définitive.
-Rassurez-vous, je ne fais pas de fixation sur vous, je soupçonne tout le monde... Même moi, c'est vous dire si je suis d'un naturel méfiant.

Je vais d'ailleurs m'interroger après votre départ, si j'en arrive, suite à mes déclarations, à avoir le moindre doute sur ma culpabilité, je me maintiens vite fait à ma disposition, me place sous contrainte, me passe les menottes. Je me signifie illico ma garde à vue. Voyez que je n'ai rien contre vous. Ma religion est dans cette affaire que je ne crois qu'aux faits... Signez-vous et ânonnez Amen avec moi...
-Pourquoi Amen ?
-Il s'agit de ma religion vous dis-je
-Amen... Pourquoi aurai-je tué ces pauvres pêcheurs ?
-Pour essayer l'invention de votre fils par exemple.
-Que voulez vous dire ?
-Voilà comment je vois les choses. En revenant de Pons, vous passez à Port-Maubert, prenez votre barque sur laquelle vous avez fixé la catapulte conçue par votre fils. Vous remontez la Gironde aidée par le courant qui vous pousse d'aval en amont, arrivée en face du premier pêcheur à l'aide de votre catapulte ultra-précise vous tirez un glaçon juste derrière lui. Vous m'avez affirmé l'autre matin pouvoir obtenir une précision de l'ordre du cm. Le pêcheur entendant du bruit derrière lui se retourne, il braconne, il est forcément sur ses gardes. Lorsqu'il a la tête tournée dans la direction du bruit occasionné par la chute du glaçon, à quelques centimètres derrière lui, vous tirer un carreau avec une arbalète, juste à la base de son crâne, la victime se retourne dans un reflex automatique pour comprendre ce qui lui arrive, là vous tirez votre deuxième projectile. Le glaçon fond, plus de trace pour nous orienter vers cette astuce utilisée pour que la victime tourne la tête de 180°... ce qui nous laisse penser que le meurtrier vient de la terre et non de la Gironde.
-Vous devriez écrire des romans, vous auriez plus de succès que comme Sherlock Holmes de Charente-Inférieure.
-Charente-Inférieure vous même, depuis le 4 septembre 1941 elle est appelée Charente-Maritime... Elle ne s'est appelée Inférieure que de 1790 à 1941, elle a changé de nom grâce à la ténacité du maire de Royan de l'époque, Paul Métadier qui rappela au régime de Vichy

que la décision de changer de nom avait été adoptée le 12 juin 1939 par l'assemblée nationale malgré l'opposition du maire de Jonzac. Le Sénat ne put la voter, les Allemands venant en tourisme dans notre beau pays pour les vacances scolaires... Le maréchal Pétain...
-Pétain coup t'es tout pâle.
-PK qui t'a autorisé à entrer dans ce bureau, je te prie instamment de sortir.
-Excusez ce sans gène, il se croit dans une république bananière... il faut bien l'avouer, en France tout y fait penser, les maffias dirigeantes installées à vie dans le business et la prévarication, les élites qui se cooptent entre elles, le milieu médiatique sous influence dominé par une petite communauté dépositaire de la bien-pensance, les places rentables transmises de parents à enfants, le milieu artistique consanguin, le président de la République qui reçoit en grande pompes les sportifs de haut niveau pratiquement tous exilés fiscaux... tout hormis le climat. Je vous expliquais que le maréchal Pétain... Je vérifie que PK ne revient pas. Pétain qui signait cette loi : ***Le département de Charente-Inférieure est autorisé à porter à l'avenir le nom de Charente-Maritime.*** **Revenons à ma théorie sur vos possibles activités nautiques... Il vous faut moins de 5 minutes pour estourbir le premier pibaleur. Les trois pêcheurs étaient à environ 200 mètres les uns des autres, la nuit profonde, concentrés sur les civelles ils ne s'observaient pas mutuellement. Il vous faut moins d'une demie heure pour occire les trois braconniers. Il vous reste donc d'après mes calculs une demie heure pour revenir au port, repasser devant le radar de la Merletterie en accélérant pour être flashée, cliché qui servira à conforter votre alibi. Voilà ma version.**
-Vous ne manquez pas d'imagination... d'après vous quel serait mon mobile ?
-Les victimes ont toutes les trois commencé leurs études de médecine à Bordeaux, chacune d'elles à fait deux ou trois fois sa première année avant de renoncer et de s'engager dans la royale... Je viens de recevoir le rapport de l'identité...

-Quel est le rapport avec moi ?
-Le mot est judicieux... Un rapport juteux au début, disons plus manuel qu'intellectuel, qu'ils auraient voulu transformer en rapport financier encore plus juteux au sens figuré cette fois... si je peux m'exprimer ainsi. Je pense qu'il ont, à l'époque, fait partie d'une de vos... comment dire... séance de soins dermatologiques bio... Qu'ils vous ont reconnue et qu'ils vous faisaient chanter.
-Quelle preuves avez vous pour porter de telles accusations ? Je suis une dirigeante d'entreprise respectable. Interrogez le préfet Childéric Embrun de Fion qui est un ami, ou le père Dickonass ils seront les garants de ma moralité.
-Je ne souhaite pas impliquer Childéric Embrun de Fion dans cette histoire, je n'ai pas envie de voir la presse dévoiler ses goûts pour les chemises de nuit en pilou coton de chez Blanche-Porte, ni de l'usage qu'il en fait, c'est sa vie privée.
-Je vois, vous craignez pour votre carrière.
-Pour le moment je n'ai pas encore de preuves, juste des hypothèses que j'aimerai vous voir infirmer en me donnant votre emploi du temps précis pendant l'heure fantôme de cette nuit de passage à l'heure d'hiver, avec des témoins dignes de foi, au sens que le stipule la bible Esaïe 8:2, pouvant confirmer vos déclarations.
-Je suis en cours de négociations avec Hamdan bin Mohamed Al Maktoum le prince hériter de Dubaï, fils de Mohamed ben Rachid Al Maktoum pour fournir des crèmes régénératrices pour ses chevaux de course.
-Le Cheikh veut acheter des produits de maquillage pour ses juments ? Des vernis à ongles et des bigoudis pendant que vous y êtes.
-Des crèmes pour donner du tonus avant les courses et défatiguer les chevaux après l'épreuve.
-Vous me prenez pour un idiot ?
-Le Cheikh et son fils sont très impliqués dans le monde du cheval, Mohamed ben Rachid à épousé Haya bint al-Hussein, princesse de

Jordanie, sa quatrième femme. Hayat a été une cavalière internationale en saut d'obstacle. Elle est actuellement Présidente de la Fédération équestre Internationale. Le Cheikh Al Maktoum est à la tête de la fameuse écurie Godolphin... une des plus prestigieuse dans le domaine des courses hippiques.

-Qui est ce monsieur Godolphin ?

-Arabian Godolphin est un cheval qui a pour descendance la plupart des purs-sang modernes.

-C'est tout consanguin et compagnie dans ce monde des purs-sang. On se croirait dans la famille de la bigote politicienne des Yvelines, la mère Martin... Pourquoi me parlez vous de ça ? Que vient faire l'écurie du Cheikh dans notre histoire de pêcheurs de pibales ?

-Les enjeux de cet accord sont considérables pour mes sociétés et les retombées très importantes pour le prestige et la fortune de l'écurie Godolphin. Je pense que des gens très influents, des concurrents ont intérêt à nous nuire pour dévaluer la valeur les actifs du prince.

-Vous ne faites pas un peu de paranoïa ?

-J'ai l'impression que vous ne comprenez pas les enjeux... J'ai peur que tout cela vous dépasse largement, la géopolitique n'a pas l'air d'être votre tasse de Dahunpao.

-J'ai peut être l'air idiot, mais si vous prenez la peine de m'expliquer les choses, il est possible que j'arrive à comprendre.. Je n'étais pas le plus mauvais en CE-1.

-Dubaï a été victime de la crise économique de 2008-2009. Le conglomérat Dubaï World et sa filiale immobilière Nakheel ont frisés la faillite, faillite qui aurait entraînée l'effondrement de Dubaï, la ruine de nombreux investisseurs. Vingt-huit billons de dollars de pertes. C'est Abu-Dhabi qui avec onze billons de dollars a sauvé financièrement Dubaï. Pour corser le tout, l'écurie Godolphin a été au centre d'une sombre affaire de dopage aux stéroïdes... Il est visible qu'une tentative de déstabilisation de la famille Al Maktoum est orchestrée pour s'emparer soit du pouvoir, soit des richesses, soit des deux. Le fait que je puisse apporter une aide scientifique pour

revaloriser l'écurie Godolphin vient contrecarrer les manœuvres des ennemis de la famille... Sachez que vos histoires de braconniers à la petite semaine sont loin de mes priorités.
-Alors qu'avez vous fait pendant cette heure ?
-Je ne suis pas autorisée à vous répondre... ne m'obligez pas à créer un incident diplomatique entre la France et un état qui investit en Europe. Essayez de ne pas inciter la famille Al Maktoum à se détourner de votre pays pour n'investir qu'au Royaume Uni où se trouve déjà une partie de l'écurie Godolphin. Je ne suis pas certaine que votre gouvernement, dans la situation économique actuelle, et votre hiérarchie vous soutienne si vous n'avez rien de sérieux comme preuves contre moi.
-C'est une menace ?
-Juste un point objectif sur la situation... D'autres questions ?
-Pas pour le moment, je vous demande juste de m'avertir si vous deviez quitter le département.
-Puis-je disposer ?
-Vous pouvez, notre entretien est provisoirement clos .
-Au revoir monsieur.
-Puis-je me permettre de vous humidifier les métacarpes ?
-Je vois que vous restez malgré tout un homme du monde.
-Au plaisir de vous revoir Madame la baronne.
-Plaisir pas forcément partagé... tout dépend des circonstances...

-Pk pointe toi un peu, qu'est-ce que tu es venu foutre ici, je t'avais interdit de ramener ta fraise pendant les interrogatoires.
-J'ai trouvé un témoin qui partage sa passion du tir à l'arc et à l'arbalète avec ta baronne de mes deux.
-Tu me laisses faire mon boulot ! Putain, tu deviens un vrai boulet... Avec la baronne tu touches un monde où tes habitudes de beauf n'ont plus cours.
-Tu sais avec qui elle s'amuse aux fléchettes ta baronne ?
-Non, fais péter l'info, tu as l'air si jouasse de l'avoir découverte.

-Madame la baronne... tiens pourquoi a-t-elle le toupet de s'affliger d'un titre nobiliaire... je croyais qu'en 1789 on les avait raccourcis... on en a oublié alors ? Et toi tu tombes dans le panneau... Madame la baronne par-ci, madame la baronne par-là.
-Tu la donnes ton info, je n'ai pas de temps à perdre pour écouter tes conneries.
-Ta « Madame la Baronne » fait ses cartons avec le préfet et le père Jean-Luc Dickonass . Des séances de tir qui finissent souvent en fête des gonades et des ovaires réunis.
-Childéric Embrun de Fion ?
-Soi même. D'après mon témoin le préfet aurait un goût immodéré pour se faire sucer le poireau. Pas la décoration du mérite agricole qu'il n'a toujours pas d'ailleurs.
-Tu déconnes, le préfet est gay.
-Il est peut être bi... Ta baronne par ses fréquentations met la barre très haut pour ne pas être mise en garde à vue... t'as intérêt à avoir des biscuits.
-Le curé, elle le suce aussi ? Elle lui broute le goupillon ? Lui mordille les encensoirs ?
-Non, lui son truc c'est de se faire sodomiser... Stimuler la prostate, défoncer la rondelle, éclater la rosette... Depuis qu'il à goûté à la turlute d'enfants de chœur il ne s'autorise l'hospitalité buccale d'aucune femme... C'est le genre de mec qui a besoin d'un rituel, d'un décorum... Il paraît même, les mauvaises langues sûrement, qu'il ne peut se faire honorer labialement le divin ensemenceur, qu'il arrose de vin de messe pour encourager l'activité de ses jeunes servants, qu'en mâchonnant des hosties Mon témoin qui veut garder l'anonymat, a des photos sur lesquelles tu vois ta baronne équipée d'un godemichet à effigie de la vierge, maintenue par des lanières façon braquemart en érection, qui besogne le père Dickonass, qui lui, une kippa verte de Tsahal sur la tête, mordant un crucifix, se tient à quatre pattes sur un tapis de prières velours luxe de chez Kadifetex, que ta batelière, qui se pavane genre figure de proue sur la Gironde,

aurait acheté en Turquie. Il est rapporté qu'on peut les entendre crier pendant leurs séances où les voies du seigneur sont pénétrées après qu'il eût oint le membre des Saintes Huiles: « Satan entre dans mon corps, Oh oui Satan viens en moi, viens Satan, viens ! » et, qu'à ce moment là, ta baronne lui fait couler de la bougie fondante dans le fondement encore béant d'avoir été visité par la Sainte Verge en silicone. Il récupèrent ensuite les moulages pour en faire des chapelets... Tu vois un peu les irrespectueux des religions monothéistes... Les sunnites pètent la gueule des chiites pour moins que ça... et là, pas de manif pour tous, la fan papiste des mariages consanguins et l'adepte visitée prosélyte des deux doigts dans le vagin restent muettes, ne sortent pas avec les légions de reproductrices équipées de poussettes débordantes de morveux à chandelles, pour se tirer la bourre dans le concours de plus indignée que moi tu meurs. Je veux bien que le nouveau pape soit plus large d'esprit, mais il y a des limites à la vulgarité. Faire ça dans une église Romane, construite avant 1905, donc propriété de l'état, financée par les contribuables... A quoi servent nos impôts et où va l'argent du rackett fiscal... dans le cul du père Dickonass... Putain si avec ça tu me dis que le pays ne marche pas sur la tête... je me fais mère supérieure d'un couvent de nymphomanes repenties.

Chapitre 10

Réunion au Coq

-Salut tout le monde ! Pas vrai, j'suis le der ? Nachs, Lev, Anita, Lillith, Chee, Naghit... putain manquait que le meilleurs... Vous deviez vous faire chier non ?
-Salut PK, non c'était sympa... Nous étions juste un peu emmerdés, notre moyenne de QI était beaucoup trop forte... Nous t'attendions pour qu'elle puisse redevenir normale.
-T'es content de me casser dès mon arrivée... j'ai bien fait de venir... tout le boulot depuis ce matin pour trouver ta vanne n'a pas été vain.
-Les garçons vous n'allez pas repartir sur votre battle de vieux coqs aux ergots émoussés.
-Désolé Lillith, il fallait que je titille un peu Nachs pour le tenir éveillé... habituellement à la maison de retraite il a déjà eu sa soupe, sa purée, son yaourt arôme vanille, son suppositoire d'eucalyptus pour son haleine de demain matin...
-Ta gueule !

-Nachs, Lev m'a dit que tu avais invité Jean-Luc Dickonass ? Tu n'as pas l'intention de nous faire baptiser ou autres conneries dans le genre ?
-Rassure toi Naghit, c'est un curé pas un rabbin, ni un imam, le seul risque c'est le choléra si la flotte est contaminée... tu repartiras avec ton prépuce.
-Nachs, tu ne veux pas que je fasse semblant de te baptiser? J'ai appris mon rôle par cœur et j'ai apporté des accessoires... Je suis Diacre dans la prochaine pièce de Lev.
-PK tu nous gonfles, mais si ça t'amuses en attendant le calotin.
-Anita et Lev vous serez ses parents... Anita tu peux te déshabiller ?
-PK c'est Nachs qui est censé être baptisé dans ton jeu de rôles, moi je suis sa mère, si j'en crois ton scénario. D'aussi loin que je me souvienne, j'ai toujours vu les mères des baptisés habillées pour la circonstance... La panoplie complète souvent, tailleur, collants, escarpins, chapeau, voir voilette... Tu dois confondre avec ce que tu vois sur Youporn...
-Lillith et Naghit vous serez les parrains.
-Puis que nous sommes dans la fiction...
Anita, Lev, Lillith, Naghit voulez-vous que Nachson soit baptisé dans cette foi de l'église que tous ensemble nous venons d'exprimer avec vous ?
--Ça ne veut rien dire cette phrase.
-Lis ton texte, ne discute pas
-Oui, nous le voulons
-Nachson, je te baptise... au nom du Père...
-Putain pas d'eau sur ma tête, t'es con ou quoi ?Je vais encore friser comme un hanneton.
-Tu veux dire mouton ?
-Si tu veux, moi en poissons je n'y connais rien...
-Ce n'est pas de l'eau, c'est du rhum... et du Fils.
-Mais merde tu recommences, j'ai dit pas sur la tête, ton rhum tu me le file et je le bois... arrête de gâcher, je ne t'ai pas demandé une

friction... tu baptises, tu ne fais pas capilliculteur. Appelez moi le metteur en scène... c'est du grand n'importe quoi.
-Et du Saint-Esprit.
-T'es vraiment con... qu'est-ce que je viens de te dire... monsieur n'en tient pas comte et me fout à nouveau son rhum sur la tronche.
-Du Saint-Esprit ? Les filles prenez vos contraceptifs... il a dit que le Saint-Esprit était dans le coin... Marie n'avait pas pris garde, vous avez toutes vu les conséquences. Vite prenez votre comprimé d'aspirine...
-L'aspirine n'est pas un contraceptif, juste un antalgique, un antipyrétique et un antiagrégant plaquettaire.
-Parce-que tu l'utilises mal... tu dois le mettre entre tes genoux, les serrer très fort pour l'empêcher de tomber, tu restes debout le dos au mur... comme ça, c'est un contraceptif, pas besoin de faire ton dosage d'anti-thrombine III.
-Silence !... Par le baptême, le Dieu tout-puissant, Père de notre Seigneur Jésus Christ vous a libérés du péché et vous a fait renaître du rhum et de l'Esprit.
-Tu es certain de ta phrase ? Tu ne dois pas dire : « vous a fait renaître de l'eau et de l'Esprit »
-Tu m'as vu lui verser de l'eau sur la tronche ?
-Non.
-Alors si c'est pour dire des conneries tu évites de m'interrompre.
-Tu ne m'enlèveras pas de l'esprit que la formule exacte est...
-Anita s'il te plaît...Vous qui faites maintenant partie de son peuple, il vous marque de l'huile sainte pour que vous demeuriez éternellement les membres de Jésus Christ, prêtre, prophète et roi.
-Amen
-C'est de l'huile ? Tu m'as taché le Tshirt.
-Nachson, tu es devenu une création nouvelle, tu a revêtu le Christ, c'est pourquoi tu portes ce vêtement blanc.
-C'est mon T-shirt, il était blanc avant les taches d'huile !
-Que tes parents et amis t'aident, par leur parole et leur exemple, à

garder intacte cette dignité de fils de Dieu, pour la vie éternelle.
-Amen... vont pas être déçus par les paroles et les exemples... le coup de l'huile les curés ne s'en servent pas uniquement pour la passer sur le crâne... les enfants de chœur sont déjà baptisés c'est pour ça que le cureton leur oint l'oignon avant de les passer à la casserole pour se les sauter.
-PK que veux tu que je fasse de ta bougie ?
-Ferme la... C'est à vous, leurs parents, les parrains et marraines, que cette lumière est confiée..
-Arrête ton cirque Dickonass va arriver.
-Au fait pourquoi vient-il ?
-Lillith voulais qu'on traite le déluge comme sujet de notre débat de ce soir. Je te rappelle que nous avons créé un « café philosophique » Analyse de textes religieux. Les églises de tous poils par leurs larbins passent leur temps à intervenir sur les sujets laïques pour imposer aux autres leur vision étriquée, il est donc normal que des athées interviennent sur les sujets religieux pour en démonter les fondements totalement invraisemblables.
-Anita n'était pas suffisante... elle s'y connais en fictions bondieusardes, elle a son CAP d'attrape-gogos et couillonnades.
-J'en vends, ce n'est pas pour ça que je suis spécialisée cul-béniterie.
-Naghit a raison, les gérants de sex-shop ne sont pas obligatoirement les meilleurs coups.
-Merci de te faire mon porte-parole.
-T'as même des tabacologues qui fument.
-Sérieux les filles et les mecs, que boit-on ?
-Je propose que nous commencions par un Kir royal, ensuite je conseil de poursuivre par le mojito, de le faire suivre d'un daïkiri pour rester dans le ton.
-Un daïkiri vanillia abricot pour nous les filles... Avec les assiettes de tapas comme d'habitude... on réfléchit mal le ventre vide... surtout avec la dose d'alcool prévue.
-Si tu veux avoir quelque chose de chaud dans le ventre avant de

boire Anita demande à l'homme.
-Toujours aussi glamour mon pauvre PK, l'esprit ne remonte jamais au dessus du nombril... Je me demande pourquoi tu continues d'irriguer ton cerveau c'est vraiment de l'oxygène mal employée.
-OK, daïkiri nature pour nous les mâles, pour terminer des planteurs jusqu'à plus soif...
-Même programme pour le cureton ?
-Of course, tu ne vas pas l'ostraciser... laisse ces basses pratiques à son camp d'intolérants.
-Je te vois venir, toi, tu fais dans le tolérant qui tolère les intolérants qui pour le remercier ne le toléreront plus... un peu comme la cellule hépatique qui ne veut pas que l'on touche à la cellule cancéreuse qui vient s'installer à côté d'elle... Je te promets un avenir sombre camarade.
-Pour sa chaise as-tu pensé à coller un braquemouze dessus pour qu'il s'y emboîte le fion ?...
-PK si tu te contentais de te servir de ta bouche uniquement pour picoler !
-Pour l'empêcher de glisser, s'il se blesse on va encore crier à un attentat antisémite. Tu vois le mal partout !
-Dickonass n'est pas juif.
-Tu m'as bien dit que Jésus était juif, Marie était juive donc il est juif donc tous ces adhérents sont juifs. Si pour les juifs historique le fait d'adhérer à la religion fait de toi un sémite, les catholiques adhérents d'une religion juive par Jésus et Marie sont donc tous des sémites.
-Arrête de nous embrouiller avec tes conneries.
-OK, je pourrai lui taper dessus ? Lui écraser le pif, lui piétiner les mains... J'ai droit ?
-PK, ne joues pas au con, rappelle-toi ce proverbe chinois : « c'est en voyant un moustique se poser sur ses testicules que le soldat prit conscience que tout ne se résout pas par la violence »
-Moi je ne risque pas de voir un moustique se poser dessus, je me suis vaporiser de Spray Anti-Moustiques Barrière 8H de Maisons et

Jardins.
-Je croyais que tu allais dire que tu n'as pas de testicules.
-Mais si, il en a, pour la décoration... Elles sont même tatouées sur la gauche la tour Eiffel et sur la droite une reproduction du plafond de la chapelle Sixtine... grâce à son ectopie unilatérale.
-Pauvres mecs ! Franchement pour des amis... Je suis atterré.
-Il arrive à quelle heure le chargé de nos âmes ? Moi j'ai les molaires qui se dessèchent, s'il tarde trop je vais finir lyophilisé...
-Le voici qui gare son solex, tu vas pouvoir te réhydrater.
-Merci Anita, toi, tu sais parler aux hommes qui ont soif.
-Bonsoir mes enfants, je me réjouis à l'idée de pouvoir débattre avec vous... Quel est le thème choisi ?
-Vous n'êtes pas venu en robe ?
-Si le port de la soutane à été rendu obligatoire en 1844 par monseigneur Affre et monseigneur Sibour pour Paris en 1852 après des interdictions de son port par arrêté municipal, l'archevêque de Paris Maurice Feltin le rend facultatif en 1962.
-A propos, la soutane est-elle un obstacle ou un avantage pour la pédophilie des prêtres depuis le premier concile de Latran en 1123.
-Il plaisante... ce soir à la demande de Lillith nous nous interrogerons sur le déluge...
-La question de votre ami PK était aussi passionnante et mériterait une soirée débat... Il sous-entend qu'il n'y a pas de pédophiles chez les hommes mariés...
-Le pourcentage est quand même un chouia plus faible.
-Quelle est votre interrogation Lillith ?
-Le sujet est le déluge. Je voulais savoir d'où venaient ces quantités d'eau pour recouvrir la terre entière...
-Moi je poserai la question d'un Canadien, je cite: *l'eau de notre planète représente 1.400.000.000 km3, l'eau des cellules vivantes compris. Le saint torche-cul nous dit que lors du déluge toute la terre a été inondée, jusqu'à la plus haute montagne, soit l'Everest à 8,85 km de hauteur. La surface terrestre est de 510.067.420 km2. L'eau nécessaire à*

tout engloutir est de 510.067.420x8,85, soit 4.514.096.667 km3 (bon le chiffre est bien plus élevé que ça, la terre n'étant pas plate, mais restons "simples").
Il manque donc à notre planète 3.114.096.667 km3 d'eau pour tout inonder. Inutile de partir en hors-sujet, "tous les peuples parlent d'un déluge". Parlons chiffres et citations bibliques pouvant nous éclairer sur cette immense différence de quantité volumétrique. Aussi est-il inutile de parler magie. Question mathématique : d'où vient l'eau nécessaire au déluge, et où est-elle passée après celui-ci ?
-Le premier problème à prendre en considération c'est de savoir quelle quantité d'eau serait nécessaire pour arriver à inonder toute la terre. Les publications religieuses avancent qu'avant le Déluge, les montagnes étaient beaucoup plus basses qu'aujourd'hui contrairement à ce que dit le Canadien. Il n'est jamais précisé dans quelles mesures ces montagnes étaient plus basses, par contre la Genèse dit clairement qu'il y avait des montagnes que le Déluge a pu couvrir.
-La Genèse (7-6) date le Déluge de l'an 600 de la vie de Noé, soit, toujours selon la Bible, 1656 ans après la création d'Adam et 2348 ans avant la naissance du Christ Les montagnes auraient modifié leur hauteur à ce point en 4362 ans d'existence supposée de la terre ? Je ne suis pas certaine que ce soit confirmé par les géologues.
-La Bible dit simplement que : *Dieu a créé une étendue* avec des *eaux au-dessus d'elle et qu'il a fait venir le Déluge.* Sans aucun doute son pouvoir tout-puissant pourrait facilement l'accomplir. C'est vraiment la meilleure chose qui pouvait être dite. Mais examinons si une quantité d'eau assez importante pour recouvrir toute la terre pouvait être suspendue au-dessus de la terre par les forces naturelles toujours en action aujourd'hui, des forces qui ne sont pas miraculeuses cela exigerait le changement des lois de la physique après le Déluge. Si aucun mécanisme physique raisonnable n'existe, Dieu a du faire venir le Déluge par quelques autres moyens n'ayant pas de rapport avec "les eaux au-dessus de l'étendue." C'est une

considération importante. Autrement on peut tout "expliquer" par les miracles et il n'y a plus aucune place pour un débat raisonné.
-Curé c'est vachement clair... t'es dans la merde et tu ne sais pas comment t'en sortir ! Excuse moi Lillith je t'ai arrêtée dans ton élan.
-Le zoologiste Michel Archer a décrit :
L'apparition et la disparition d'une quantité d'eau (4 400 000 000 km ^{3}) qui couvrirait les montagnes de la Terre, qui est plus de trois fois la quantité (1 370 000 000 km ^{3}) actuellement contenu dans les océans de toute la Terre, auraient imposé des contraintes simplement impossibles pour les créatures vivantes sur Terre avant le Déluge et pour les habitants de l'Arche pendant son voyage (Soroka et Nelson, 1983). Si une grande quantité d'eau supplémentaire était tombée sous forme de pluie, la Terre d'avant le Déluge devait subir une pression atmosphérique environ 840 fois plus forte que celle actuelle et une atmosphère qui serait constituée de 99.9 % de vapeur d'eau (ce qui aurait été irrespirable). D'un point de vue thermodynamique, il faut que 2.26 millions de joules soient cédés sous forme de chaleur pour chaque kilogramme d'eau condensée dans l'atmosphère (Soroka et Nelson, 1983), à tel point que la transformation de la vapeur d'eau en eau de pluie aurait élevé la température de l'Atmosphère autour de la terre à plus de 3500 Degré Celsius pendant la durée du Déluge. Les conséquences pour les occupants de l'Arche dans ce qui aurait été un océan en ébullition et un air irrespirable sont difficiles à imaginer. Même si l'eau supplémentaire est venue de l'intérieur de la Terre, la température des eaux sous la terre et dans un tel volume, température résultant de la proximité de ces eaux du manteau brûlant de la Terre, aurait provoqué de nouveau l'ébullition des océans jusqu'à des températures d'environ 1600 Degré Celsius. D'une manière ou d'une autre, la Colombe et le Corbeau de Noé aurait fini par être cuit.
-Je ne suis pas de force pour résoudre ce problème, mais lui aussi suppose que les montagnes ont leur hauteur actuelle... L'église s'appuie sur des dogmes, nous ne pouvons les contester.
-Je pense à un truc, si je compte bien depuis la naissance d'Adam

6018 ans se sont écoulés, donc la terre à 6018 + 6 jours alors que pour les juifs nous sommes en 5774 depuis la création du monde.

-Lev ce n'est pas le sujet de ce soir.

-Dickonass, ensuite où est passée toute cette eau ?

-Les eaux se retirèrent de dessus la terre, s'en allant et s'éloignant, et les eaux diminuèrent au bout de cent cinquante jours. (Genèse 8:3).

-Dis donc il aurait pu faire un autre miracle pour retirer la flotte d'un seul coup, serait pas un peu feignasse ?

-Pendant la période du déluge la terre s'est trouvée de fait alourdie de 3144096667000000 tonnes. La terre a une masse de 5973800000000000000000 tonnes, quelles ont été les répercussions sur sa trajectoire autour du soleil, sur la position de son axe, les conséquences sur l'orbite de la lune puisque cela modifiait les forces d'attractions réciproques et rompait l'équilibre attraction et forces centrifuges.

-Ma fille, il ne faut pas prendre la bible au pied de la lettre, ce sont des allégories pour frapper les esprits et apporter une prise de conscience sur les notions de bien et de mal.

-Vous voulez dire que Dieu et les religions n'ont rien à voir ? Pourtant les deux ont en commun d'être sortis de l'imagination humaine. Pas d'hommes pas de Dieu.

-Je n'ai pas dit ça... Il y a les mystères de l'existence de l'univers auxquels toutes les théories passées et actuelles n'apportent aucune réponse, juste déplacer la question...

-Pour Dieu c'est la même chose, s'il existe, s'il est responsable de la création de tous les univers... qui l'a créé lui... et celui qui l'a créé qui l'a créé... ainsi de suite ? Je suis sûr qu'à la fin c'est encore sur moi que ça va retomber, ça va être moi le responsable.

-PK, tu en fais pas un peu trop ? PK centre du monde...

-Pourquoi, il n'y a que Nachs qui a le droit de créer des univers.

-Mes enfants soyez modestes devant la puissance de Dieu.

-L'autre question c'est pour les plantes terrestres, les graines ont dû toutes pourrir... d'où sortent les plantes actuelles et ne me dites pas

qu'elles étaient planquées au sommet du mont Ararat.
-Jean-Luc, nous sommes entre nous, tu fais ton boulot c'est parfait, là tu vois c'est en dehors de tes 35h, tu n'es plus au turbin, tu as le droit de dire ce que tu penses, tu n'es plus obligé de faire semblant de croire à des trucs plus abracadabrantesques les uns que les autres. Je te comprends, le marchand d'aspirateurs ne va pas t'en dire du mal non plus, quand il est dans sa boutique... même si chez lui il se sert d'une centrale d'aspiration. Pour te rafraîchir la mémoire je te signale que sur ta fiche technique la terre n'a que 6018 ans, que Cro-Magnon c'était du bidon, que Tyrannosaurus Rex n'était pas l'un des plus grands carnivores terrestres de tous les temps mais un groupe de rock britannique de la fin des années 1960 avec Marc Bolan au chant... Faut dire qu'il avait de l'imagination pour inventer un nom pareil...
-Je ne peux pas vous suivre sur ce terrain... Il faut croire, sans poser de questions... c'est la volonté de Dieu c'est tout...
-Nachs, lui, dans sa bande ils lui jactent direct au mec Dieu, même si je dois reconnaître que vu de l'extérieur t'as plutôt l'impression d'un monologue de Popeck que d'un dialogue.
-Passons aux choses sérieuses... Garçon apportez la picole et les amuses gueules....

Chapitre 11

Navigation

-Nous allons remonter l'estuaire au moteur.
-Dommage j'ai oublié mes Hydroslides Victory.
-Je ne pense pas que notre vitesse soit suffisante, bien-que la marée commence à descendre, le courant nous aide... Vous auriez eu l'occasion de voir vos amies de près... sur les fonds... elles attendent la nuit et la prochaine marée montante... Votre tenue n'est pas trop adaptée non plus... Vous avez mis la tenue de camouflage pour la chasse au canard... Pour naviguer la tenue de combat kaki, jaune, brune n'est pas ce qui se voit le mieux si vous tombez accidentellement à la baille.
-C'est Meschers-sur-Gironde à droite ?
-Oui et de l'autre côté Le Verdon-sur-Mer.
-Un peu frais, mais pas désagréable pour le moment, ça ne balance pas trop.
-Dans l'estuaire avec le moteur c'est normal, surtout à marée descendante.
-Je peux m'asseoir sur le toit.
-Sans problème... Je descends mettre de la musique... que pensez

vous de Nabucco de verdi.
-Si ce n'est pas la version « Je chante avec toi » de Ioânna Moûskhouri ce sera un plaisir.
-Saint-Georges-de-Didonne... après Royan et Saint-Palais-sur-Mer je coupe le moteur et nous partirons à la voile. Nous mettrons cap nord nord-ouest pour passer au large d'Oléron et de Ré.... Nous pousserons jusqu'à l'ile D'Yeu et nous reviendrons sur Port-Maubert.
-Vous êtes certaine de vouloir mettre les voiles... avec le moteur c'est déjà sympa...
-c'est un voiliers mon cher Catherine, pas un Inboard...
-Va falloir tourner nous allons droit sur la vase... il ne va pas y avoir assez d'eau...
-Nous allons faire un changement de cap pour aller au large.
-En gros on va tourner...
-C'est ça, nous allons empanner, changer d'armure.. .
-Pourquoi, le mât semble tout neuf.
-Armure pas mâture. Je vous fais un cours de mise à niveau rapide... concentrez-vous. L'amure c'est le côté d'où vient le vent. C'est le côté de la bôme sur le bateau qui vous le définit. Lorsque le vent vient de tribord, de la droite, le bateau est tribord amure. La bôme est alors à bâbord, à gauche.
-Maintenant ? La suite des opérations ?
-Nous allons passer face au vent. Avant il nous faut prendre un peu plus de vitesse.
-Ça éclabousse dur.
-Nous allons lofer jusqu'à ce que nous soyons face au vent.
-Ce qui veut dire ?
-Nous allons manœuvrer le bateau de manière à le rapprocher de l'axe du vent.
-Heureusement, ce n'est pas un avion de chasse, sinon il y a longtemps que nous serions le nez dans la berge.
-Je vais faire virer la bateau en fonction de votre action sur la voile...

-C'est vous le capitaine.
-Tenez vous prêt, vous ferez passer la voile uniquement lorsqu'elle sera totalement dégonflée.. Allez, paré à virer...
-Paré
-Au vent.
-Comme ça ?
-Attention à la tête avec le changement d'angle de la bôme...
-Je fais gaffe, c'est ma seule richesse... certains disent que j'ai droit au RSA si c'est ma seule richesse.
-Vous allez choquer la grand-voile dès qu'elle commencera à se dégonfler. Vous la reborderez une fois le virement terminé.
-Vous êtes sûr que la navigation est un plaisir ?
-Envoyez... Je commence à déventer la grand-voile...larguez l'écoute.
-Le moussaillon est aux ordres.
-Bien, là, récupérez l'écoute... vous la borderez au winch
-It's done capitaine.
-Maintenant que la grand-voile est passée, que nous avons changé d'amure, nous allons lofer jusqu'à reprendre notre cap.
-La voile n'est pas bien tendue... Elle claque au vent.
-Je prends le cap et ensuite je viens régler la voile.
-Elle flotte beaucoup non ?- Elle ne risque pas de déchirer ?
-Le cap est bon, je vais étarquer la voile, elle n'est pas assez tendue... voilà, maintenant il faut la border à nouveau...
-C'est bon tout roule ?
-Pour un début ce n'est pas trop mal... même si j'étais toilée au minimum.
-Nous ne sommes pas pressés... je suis à la retraite.
-Je mets le pilote automatique et nous pourrons prendre une petite collation pour compenser nos efforts.
-Le vent de bâbord j'aime bien, ça penche, mais les mouvements sont secs, pas de up-and-down lents qui font gerber..
-Nous allons toucher ce vent jusqu'à l'île d'Yeux, pour le retour ce sera un peu la même chose si le vent ne tourne pas.

-C'est un petit voilier que l'on voit devant ?
-Oui, voulez-vous les jumelles pour mieux le voir ?
-Je veux bien, de toutes façons nous allons droit sur lui, d'ici un petit quart d'heure nous pourrons mieux observer ces marins téméraires.
-Pourquoi téméraires ?
-Ils osent croiser notre route, nous allons les aborder, tuer les hommes d'équipage, violer les femmes, prendre les enfants pour les vendre à des rombières stériles et nous emparer de leur or...
-Vous êtes éveillé ?
-Pourquoi ? Ces coutumes marines n'ont plus cours ?
-Au large d'Oléron c'est de plus en plus rare... Entre Kilifi et Mogadiscio cela peut se voir.
-Tout se perd, si cela continue comme ça, même l'art de la torture enseigné par Alfredo Stroessner, le démocrate du Paraguay mis en place par la plus grande démocratie du monde pour bouter le communisme hors de l'Amérique latine, tombera dans l'oubli. Oublié l'art d'arracher les ongles des mains et des pieds en faisant écouter les cris des torturés au téléphone par leurs famille, perdu le geste professionnel de la gégène sur les parties génitales, les délices des bastonnades, la recette du minutieux dosage d'excréments, d'urine, de vomi et d'eau dans la baignoire pour faire boire la tasse au supplicié que l'on a jeté dedans... Tant d'années de civilisation en un jour anéanties... Excusez moi, mon smartphone vibre... C'est Lillith... Lillith je te croyais à L.A depuis hier.. pour rechercher la femme décrite par Jim Morisson... L.A. Woman.
-J'y suis... je viens de terminer ma conférence sur l'énurésie chez le tourteau dormeur... j'étais dans le bâtiment en brique Henry Samuel à la School of Engineering and Applied Science et je vais reprendre ma voiture de location juste devant, dans le parking 6... j'essayais de joindre Chee mais il ne répond pas... Nachs et PK non plus... tu ne sais pas comment je peux le joindre ?
-Je ne sais pas où ils sont, non... moi je suis au large de l'île d'Oléron sur le bateau de Natacha qui vient de m'apprendre à virer de bord.

-Tu es devenu homo ?
-Non virer de bord à la voile... la vapeur c'est juste pour le repassage.
-Excuse moi d'avoir interrompu le charme de ta croisière initiatique... Si tu as Chee dis lui de m'appeler... Là je rentre à l'hotel... Je suis descendue au Standard Downtown au 550 South Flower Street.
-Je connais, il y a deux ans j'y ai séjourné deux semaines... Le soir tu vas nager dans la piscine sur le toit... le DJ est toujours là pour te faire crawler en rythme ?... As tu essayé leur water-bed ?
-Les soirées piscine sont encore musicales, mais je n'ai pas pris l'option lit-à-eau-cabine... Ce qui est formidable ici c'est le restaurant ouvert 24/24h... de la bouffe ricaine mais tu n'es plus obligé de te soumettre à un horaire.
-Ta chambre est bien ?
-Je n'ai pas les moyens du haut de gamme, je me contente de 26m2 pour 176,00 $. Ici il ne faut pas se plaindre, un grand lit, une douche de plain-pied en verre, les toilettes, un bureau, un coin salon, la climatisation. Pour le service une station d'accueil pour iPod, une télévision par câble, un coffre-fort, un fer à repasser, un sèche-cheveux, le téléphone, la radio, un lecteur DVD, et le traditionnel minibar.
-De quoi loger trois familles de Roumains...
-Tu pars maintenant ? Par où passes-tu ?
-Tu connais L.A.
-Dans ma jeunesse j'ai habité un temps Sacramento un immeuble au 1662 8ème rue, presque à l'angle de la rue « Q » Raconte... tu vas réveiller mes derniers souvenirs.
-Pour aller à mon hôtel, je quitte Westwood Plaza, prends Westwood Boulevard, à droite Wilshire boulevard... la sortie Westwood... puis la sortie I-405N Sacramento... la sortie I-10W... je file sur CA-110/Harbor Fwy à droite... tourne à gauche 8 ème rue ouest... direction sud-ouest South Flower street en direction de la 6 ème rue ouest... je remonte jusqu'au 550, la rue est en sens unique. La plaque

blanc sur fond rouge avec le nom de l'hôtel : « Standard » à l'envers... original.
-Merci Lillith, je te suivais par la pensée... je t'embrasse, si je vois Chee je lui transmets ton appel.
-Bises Naghit.
-C'est votre amie ?
-La femme de Chee.
-Nous approchons du petit voilier...
-Vous voyez le nom du bateau ?
-Je crois lire « Cousin Gay » curieux il n'a pas le drapeau arc-en-ciel... peut être des gays intravertis.
-Je vous reprends les jumelles... Mais non, le nom du bateau : « Cousin Guy » Guy un prénom qui se donnait au début du siècle dernier... Ah putain ! Je crois savoir qui c'est... ce doit être le bateau de l'ancien beau-frère de Nachson... Sodom Feuillu... je crois avoir entendu que le suicide de son ex-femme l'avait remis à flot financièrement... Il habite Oléron dans la maison du fameux cousin Guy, cousin de son ex... il doit être là avec sa nouvelle femme... Yvonne Lamèremarre, la meilleure amie de sa défunte... On dit qu'il l'avait prise en leasing et là il vient de racheter le crédit... c'est ce qu'on appelle une succession en douceur...
-Leur bateau semble en difficulté il est arrêté, il prend les vagues sur bâbord...
-Ohé du bateau tout va bien ?
-Non, nous avons cassé le safran, nous n'avons plus de carburant pour le moteur, les fusées de détresse sont mouillées et j'ai oublié mon portable à la Côtinière...
-Vous n'avez plus de safran ?
-Non... le bateau est ingouvernable....
-Prenez du curry dans le riz c'est aussi bon....Allez bon appétit nous sommes attendus à l'île d'Yeu... amusez vous bien... profitez, la ménopause vous ouvre des horizons... Allez bonne bourre les jeunes mariés.

-Vous ne voulez pas que nous les aidions ?
-Si je demande à Nachs, il va me dire de le laisser dans sa merde... Je crois qu'ils sont en froid... Moi je suis le copain de Nachs, pas celui de Feuillu... Il ne m'a même pas reconnu, pourtant j'ai dû le voir trois ou quatre fois chez Nachs.
-Qu'allez-vous lui dire ? En mer, lorsque l'on passe près d'un bateau qui a des avaries, on se doit de l'aider.
-Même si c'est l'ex-beauf de Nachs... Il n'y a pas de textes législatifs pour ça... Il faut laisser Dieu trancher.
-Ne les laissez pas sans réponse.
-Ohé du bateau, le mari de madame arrive... il va s'occuper de vous... c'est un fin cordon bleu... Il trouvera une solution pour remplacer le safran...
-Qu'a-t-il comme bateau ? A-t-il des bouts pour nous remorquer ?
-Il arrive à la nage de Saint-Barth.... Ciao les tourtereaux....
-De toutes façons je n'ai pas trouvé le frein à main sur votre engin.
-Pas très charitable...
-Pour votre mari non plus... un partout, balle au centre.
-Votre jeu se déroule en combien de manches ?
-A propos de vous et de votre mari, vous n'avez pas d'enfants ?
-Non, pour des raisons personnelles.
-C'est indiscret d'aborder le sujet ?
-Délicat à aborder... Laisser moi un peu de temps pour en parler... Je prends un verre et je vous explique... C'est très douloureux pour moi.
-Ne vous forcez pas... Je suis confus.
-Je vérifie si aucun obstacle n'est à proximité... Descendons dans la cabine, ce sera plus confortable pour... ma confession.
-Ne vous sentez pas obligée.
-Non, pas de problème... ça me soulagera de partager... En 1970 mon père travaillait à l'ambassade d'URSS à Helsinki au 1 bis Tehtaankatu, un bel hôtel particulier avec son parc entouré de grilles avec juste en face le salon Eija McCoy... un lieu de rencontres secrètes en ce temps de la guerre froide, en pleine guerre du Vietnam.

Un bateau de l'Otan en manœuvres qui traquait les sous-marins soviétiques à fait une escale technique. En sortant de chez une amie qui habitait Ruoholahdenranta près des quais, trois marin ivres m'ont agressée, ils m'ont jetée dans leur fourgon et conduite dans un hangar à Leivapojankatu. Là ils m'ont attaché les mains derrière le dos, m'ont demandé de leur faire des fellations. Comme je refusais, je n'avais jamais pratiquer ce genre de chose, à seize ans, l'idée seule me répugnait, alors ils ont arraché mes vêtements, m'ont mise torse nue et menacée. J'étais terrorisée, aucun son ne pouvait s'échapper de ma gorge. Je refusais toujours, cela les a rendus furieux, ils tenaient toujours leur bouteille de whisky à la main. Pour m'obliger à céder ils m'ont brûler les bouts de seins avec leurs cigarettes... J'ai dû, sous la douleur et la peur, m'exécuter. Le temps m'a paru des siècles, ces sexes qui s'enfonçaient dans ma bouche, de plus en plus profond, ils me donnaient des gifles d'une main puis me fouettaient les seins, de l'autre me poussaient la nuque pour me pénétrer au plus profond de la gorge.... à trois reprise j'ai senti leur semence chaude jaillir et me couler dans la gorge... Ils ont continuer à ingurgiter leur whisky en me forçant à boire aussi... ils m'ont ensuite dénudée complètement pour abuser de moi. Ma virginité les excitait. Ils ont tiré à la courte paille qui serait le premier à la prendre. Comme je me refusait toujours, ils m'ont attrapée à deux, ouvert les cuisses et le troisième m'a brûlé le gland du clitoris avec sa cigarette, puis m'a versé du whisky dessus pour me désinfecter hurlait-il... je me suis évanouie sous la douleur et les coups... Le lendemain quand on m'a retrouvée je gisait nue sur le sol, le corps couvert de bleus, de sperme, d'urine, de vomi et de merde... Je suis restée une semaine hospitalisée.... puis deux ans en hôpital psychiatrique après leur avoir réglé leur compte.

-Votre mari est au courant ?

-Nécessairement, depuis je n'ai jamais pu avoir de rapports sexuels avec un homme... Mon mari est homosexuel, chez nous c'est plutôt mal vu, alors comme nous étions amis et avions des intérêts

communs nous nous sommes mariés... pour moi, je n'avais pas à craindre une envie sexuelle de sa part, pour lui son homosexualité n'était plus soupçonnée... il était marié. Voilà, maintenant vous savez... Je ne veux plus jamais en parler... Une fois que nous aurons quitté ce bateau, ce soir, vous oubliez.
-Vous avez porter plainte ?
-A cette époque de guerre froide, la Finlande avait une position spéciale... la géopolitique et les intérêts supérieurs de la diplomatie...
-Vos agresseurs n'ont jamais été retrouvés ni punis ?
-Je n'ai pas dit ça.
-Où sont-ils maintenant ?
-J'avais lu le nom de leur navire sur leurs uniformes... le USS Intrepid.
-Un bateau Américain ?
-Un porte avion du même type que l'Essex. Un bâtiment construit en 1943 qui a servi au Vietnam, fait des manœuvres pour l'Otan, il a été désarmé en 1974... Il est dans un musée à New-York City... Je suis allée le voir... Pour aider à ma résilience.
-Les marins ?
-Plus de six mois après, l'USS-Intrepid est revenu pour un problème technique à Helsinki... Avec des amis Russes de l'ambassade qui avaient été avertis de son retour inopiné, des garçons du service action qui parlaient un anglais impeccable, nous sommes allés voir si ces trois marins, dont l'image était gravée dans mon cerveau, étaient présents. La chance à voulu que oui. Mes amis les ont invités à boire pour fêter la rencontre avec des « pays »... puis les ont maîtrisés... Après m'être rappelée à leur bon souvenir pour qu'ils impriment bien mon visage une dernière fois dans leur tête de pauvres mâles prédateurs. J'ai demandé, à un ami apiculteur, qu'il me donne des abeilles. Il m'a aussitôt préparé des boîtes renfermant chacune cinq abeilles. Je leur en ai vidé à chacun une boîte dans la bouche pour qu'ils ne puissent plus crier puis, pour leurs offrir des sensations sexuelles fortes, je leur ai enfoncé le pénis dans une autre boîte... bien

au fond de la boîte... j'ai secoué pour exciter les abeilles... C'est avec les lèvres supérieures et les narines un des endroits les plus douloureux... Nous les avons chargés dans une barque pour, à marée basse, les transporter dans un endroit isolé choisi pour que l'eau leur arrive jusqu'au niveau du cou. Nous leur avons fixé une masse de fonte de 30kg attachée aux jambes, puis les avons installés debout, pour qu'ils puissent apprécier à sa juste valeur, la dernière fois de leur vie, la montée des eaux... marée qui monte doucement, atteignant la bouche, les narines, les yeux, avant de les ensevelir totalement.. Je voulais leur laisser le temps de repenser à leur crime... J'avais pris la précaution de leur rappeler les faits avec tous les détails, ils sont gravés dans ma mémoire... bien sûr, ils en savaient plus que moi... Je ne sais pas ce qu'ils m'ont fait subir lorsque j'étais inconsciente. L'amplitude des marées à cet endroit est de 4 à 6 mètres en moyenne. Ils doivent avoir fait le bonheur du crabe royal du Kamtchaka... Vous les avez peut être dégusté à la mayonnaise avec le contenu d'une boîte de crabe Chatka.

-Je ne mangerai plus de crabe sans penser à ce qu'ils ont dégusté avant de finir entre deux couvercles métalliques.

-Savez-vous pourquoi votre ami Chee m'a convoquée ?

-Pour avoir votre témoignage sur ce que vous auriez pu voir dans la nuit du 26 au 27.

-Que s'est-il passé ?

-Des pêcheurs ont voulu saluer Saint-Pierre sans prendre rendez-vous.

-Qu'ai-je à voir avec ça ?

-Il vous le dira... peut-on aller juste en limite des eaux territoriales ?

-C'est possible, mais vous ne verrez rien de spécial.

-Juste pour savoir ce que je ressens quand j'arrive dans une zone qui n'est plus soumise aux lois de nos connards de politiciens.

-C'est à 12 milles nautiques, environ 22km, ça nous retarde de quatre heures...

-Nous avons tout notre temps non... Quelqu'un vous attend ?

-Non, personne. Mettons le cap à l'ouest toute... aidez moi pour les voiles...
-Avec les mêmes mots que pour le premier changement de mature ?
-Je vais essayer de me limiter à ceux-là
-On continue jusqu'à Saint-Pierre et Miquelon ?
-Oui, bien sûr, nous prendrons notre petit déjeuner au « R »Café 100 New-Gower Street à Saint-John's.
-C'est tout droit, plus besoin de brasser les voiles... Vous pourrez m'avertir lorsque nous serons en dehors des eaux territoriales... Je vais un moment observer la mer à sur le gaillard d'avant. J'éprouve le besoin de faire le point avec moi même...
-OK, je descends à la table des cartes... Quand le GPS nous indiquera que nous atteignons la limite des eaux internationales je vous fais signe.
Naghit part en chantant sur le gaillard d'avant...

Vivre avant de mourir
C'est notre grand désir
Nous savons que nos jours sont comptés
Que nous devons nous dépêcher

Vivre avant de mourir
Goûter tous les plaisirs
Sans penser au qu'en-dira-t-on
Qui change la vie en prison

Nous avons besoin d'oublier
De danser, de nous amuser
Tant pis si c'est sur un volcan
Nous voulons avoir du bon temps

Vivre avant de mourir
C'est notre grand désir
Nos vingt ans recherchent le bruit
Pour tuer l'angoisse et l'ennui

Vivre avant de mourir

Ignorer l'avenir
Sourire au jour chaque matin
Malgré la peur des lendemains

Nous voulons profiter d' la vie
On en a marre des soucis
C'est l'amour qui rythme nos cœurs
Et qui nous donne cette fureur
De vivre
Ouais vivre avant de mourir
Oh oh vivre
Oui vivre avant de mourir
Oh oh vivre

-Nous venons de sortir des eaux territoriales française...
-Formidable !... Je suis en zone libre... Plus d'impôts, de taxes, de redevances, de lois, de flics, Youppie.
Natacha me fais un signe à travers le hublot. J'esquisse un pas de danse... je la vois rire... Je sors de ma poche les 20 comprimés de Temazepam, ma flasque de cognac, avale le tout. Je continue à me trémousser tel un danseur de tecktonik attaqué par un essaim de guêpes. Natacha occupée à sa table des cartes relève la tête et me lance :
-Profitez, dans un quart d'heure nous virons pour retourner à Port-Maubert...
Elle me souris à nouveau et se replonge dans ses cartes. J'accroche mon smartphone au bastingage, à l'abri dans une poche de nylon... Je regarde la mer le plus loin possible, puis juste devant la proue, j'essaye de sonder le fond... Je ne vois que du gris-vert, mon regard dans le vide, mon cerveau ne réunit plus l'image de chaque œil, je vois double légèrement décalé... flou, de plus en plus flou... dix minutes après mon ingestion apaisante je saute dans les bras accueillants de l'océan sans que Natacha, occupée dans sa cabine, ne puisse s'en apercevoir.... L'eau froide me fait suffoquer, j'ai la chair de poule, je suis violet, je suis pris de tremblements... maintenant je me sens mou, sans volonté, le voilier s'éloigne, je n'ai plus d'envies,

je me laisse aller, mon organisme arrête de lutter contre le froid... je m'endors j'espère pour la dernière fois... Un sourire sur les lèvres... je viens de baiser ce putain de cancer... Ce n'est pas lui qui me tue... C'est... moi.... qui.....l.e.. t...u...e.

Chapitre 12

Confrontation

-Asseyez vous madame Natalia Alekseievna … Je vous avais convoquée comme témoin dans l'affaire du triple meurtre des pêcheurs, votre bateau est arrivé à Port-Maubert tôt le matin des crimes... je me demandais si vous aviez remarqué quelque chose de suspect.... et là, vous me déclarez que Naghit Vladimir Vladimirovitch Mihaïl a disparu de votre bateau lorsque vous étiez juste entrée dans les eaux internationales... Que dois-je penser ? Vous avez une fâcheuse habitude d'égarer vos passagers.
-Naghit ne m'a pas averti de ses intentions, je ne pouvais pas imaginer qu'il souhaite mettre fin à ses jours. Il chantait :

Je fréquentais alors des hommes un peu bizarres
Aussi légers que la cendre de leurs cigares
Ils donnaient des soirées au château de Versailles
Ce n'étaient que des châteaux de paille
Et je perdais mon temps dans ce désert doré
J'étais seule quand je t'ai rencontré
Les autres s'enterraient, toi tu étais vivant
Tu chantais comme chante un enfant
Tu étais gai comme un italien

Quand il sait qu'il aura de l'amour et du vin
Et enfin pour la première fois
Je me suis enfin sentie :

Femme, femme, une femme avec toi
Femme, femme, une femme avec toi

Tu ressemblais un peu à cet air d'avant
Où galopaient des chevaux tous blancs
Ton visage était grave et ton sourire clair
Je marchais tout droit vers ta lumière
Aujourd'hui quoi qu'on fasse
Nous faisons l'amour
Près de toi le temps parait si court
Parce que tu es un homme et que tu es gentil
Et tu sais rendre belle nos vies
Toi tu es gai comme un italien
Quand il sait qu'il aura de l'amour et du vin
C'est toujours comme la première fois
Quand je suis enfin devenue :

Femme, femme, une femme avec toi
Femme, oh ! femme, une femme avec toi
Femme, femme, une femme avec toi.

-Vous voyez, c'est la preuve qu'il était gai comme un pinson.
-Un pinçon ?... Vous voulez sûrement dire un pinson, le passereau ?
-Pourquoi cette question ? Chez vous les passereaux sont tristes ?
-Vous dites comme un pinçon... je suppose que vous ne parliez pas du sociologue Michel Pinçon, ni de la trace laissée par un pincement.
-Comment pouvez vous savoir, juste à entendre le mot, que je disais pinçon et non pinson ?
-Bonne réaction, je vous testais... J'ai appris pour votre histoire de viol... à seize ans ce n'est pas une bonne entrée dans la sexualité... j'imagine sans peine les traumatismes psychiques et moraux occasionnés...
-C'était il y a longtemps, la résilience à permis ma reconstruction.

-Personnellement même si les travaux de Werner et Smith sur le sujet sont remarquables, j'en doute un peu... Je crois que vous avez soif de vengeance contre l'espèce masculine qui vous a privée d'une partie de votre vie.
-Je ne vois pas ce qui vous fait dire ça. Vous ne prêtez pas d'attention non plus à Boris Cyrulnik... J'ai lu « Parler d'amour au bord du gouffre » j'avoue que cela m'a été très salutaire.
-Poh Poh Poh... A d'autres. Votre mari s'évapore en mer, Naghit va le rejoindre... vous possédez un fusil sous-marin genre arbalète... vous naviguiez au abords des lieux de crimes au moment des faits, il se trouve chère madame que les victimes ont été tuées à l'aide de flèches... la vengeance étant un plat qui se mange froid... se déguste même glacé... cette vengeance compréhensible à l'encontre des hommes me semble un mobile plus que sérieux... Ne trouvez-vous pas ?
-Mon mari est parti de lui même, c'est son choix, ce n'est pas de ma faute si l'océan avait remplacer le trottoir sous ses pas... c'était en eaux internationales cela ne vous concerne pas.
-Pour Naghit ?
-J'étais à l'intérieur du voilier en train de mettre au point mon itinéraire pour me rendre à Chypre où des amis m'attendent dans leur bateau au port de Larnaca, j'étudiais les prévision météo... Naghit étais sur le gaillard d'avant, il chantait... heureux de ne plus être, à sa demande, dans les eaux territoriales de votre pays, comment aurai-je pu deviner son intention de sauter ?
-Eaux internationales ou pas Naghit était un ressortissant français... sa disparition me concerne. Si j'ajoute les suspicions concernant les meurtres... Il est 10h25, suivant les dispositions des articles 63, 77, 154 706-88 et 803-2 et suivants du Code de procédure pénale, je vous mets en garde à vue pour 24h renouvelables. Dans un délai de trois heures à compter maintenant, vous pourrez faire prévenir, par téléphone, une personne avec laquelle vous vivez habituellement... Pour joindre votre mari je vous précise que nous ne somme pas dotés

du téléphone que les chercheurs de Télécom Bretagne viennent de mettre au point, un téléphone numérique sous-marin qui transmet la voix sous l'eau par voie acoustique... à défaut vous pouvez joindre un parents en ligne directe ou collatérale, pour les avertir de la mesure dont vous êtes l'objet. Avez-vous un avocat ? Vous me donnez ses coordonnées ?
-Je ne veux rien de tout ça, je suis innocente... C'est tout ce que j'ai à vous dire... Maintenant je préfère garder le silence.
-C'est votre droit... Je vais en référer au juge d'instruction. En attendant je vous fait conduire en cellule.
-Juste une dernière chose... je fais organiser une fête pour honorer la disparition de Naghit, souhaitez-vous y assister ?
-Bien sûr, si possible sans les menottes, pour danser le rock'n roll c'est un peu limitant.
-Vous ne voulez toujours pas prévenir quelqu'un ?
-Pas pour le moment.
-Essayer de nous fournir un alibi sérieux pour la nuit du 26 au 27.
-Je suis innocente, je n'ai rien de plus à ajouter.
-Planton, conduisez madame en cellule pour sa garde à vue.
Je vais aller interroger l'amateur de vin, le bois sans soif du tramail...
-Tiens PK que fais-tu là ?
-Je viens te filer un coup de main pour ton enquête... Tu as mis Natalia en garde à vue ?
-Oui, elle ne veut rien dire concernant son emploi du temps de la nuit du 26 ni au sujet de la disparition de Naghit, elle reste muette comme une anguille.
-Tu veux dire une carpe ?
-As-tu entendu des anguilles parler, chanter ?
-Non, jamais.
-Que viens-tu m'emmerder avec ta carpe.
-Alors pourquoi me demandes-tu si j'ai entendu crier une anguille, t'es con ou quoi ? Les poiscailles sont tous muets.
-Ne crois pas ça, en 2004, bien qu'une étude sur le bruit des bulles de

harengs lors de la reproduction avait été raillée, au prétexte qu'il ne s'agissait là que de flatulences! L'équipe d'Eric Parmentier, du laboratoire de morphologie fonctionnelle et évolutive à l'université de liège, se consacre entièrement aux sons inédits émis par les poiscailles comme tu dis, comme le pétillements de l'anguille, le croassement du gobie noir... l'équipe de Parmentier a déjà enregistré plus d'une cinquantaine d'espèces. Les mécanismes à la source de ces sons ne sont pas moins variés, certaines espèces font claquer leurs dents, tel le poisson clown, quand d'autres contractent leurs muscles soniques pour faire vibrer leur vessie natatoire, à l'instar du piranha. Certains expulsent de l'air par la bouche, d'autres par l'anus. Une espèce de poisson-chat roucoule comme un pigeon et se met subitement à crier comme un singe. Des espèces, plus discrètes, grognent ou coassent comme des grenouilles ou lancent des petits «clics» en s'enfuyant. Il y a de véritables artistes comme le chabot à longue corne d'Amérique du Nord qui parcourt lentement les fonds en soufflant à la façon d'une corne de brume. Certains sons ressemblent à des trousseaux de clés qu'on agite frénétiquement ou à un envol de canards. C'est chez les poissons que l'on trouve la plus grande diversité de sons, assure Frédéric Bertuccci, doctorant au laboratoire de neuro-éthologie sensorielle piloté par Nicolas Mathevon à l'université de Saint-Étienne. L'océan n'est pas un monde de silence, comme le prétendait le commandant Cousteau. Les poissons n'arrêtent pas de parler, de crier et de chanter.

-Tu vois qu'elle parle l'anguille... alors que sur la carpe pour le moment rien n'est décrit...

-Reste modeste... elle pétille, elle ne parle pas. Pour le champagne tu ne dis pas qu'il parle, pas plus pour l'eau gazeuse. Pour ta carpe attends que les Belges l'étudient avant de pavoiser... J'y pense tout à coup... à propos de communications... c'est curieux, nous n'avons pas retrouvé le portable de Naghit. Je sais qu'il l'avait, il a été repéré par les antennes de Port-Maubert en dernier puis plus rien... Il n'a donc pas sauté dans l'atlantique avec... Natalia l'a certainement trouvé et

nous cache quelque chose.
-Où allais-tu maintenant ?
-Je me proposais d'aller questionner le mec qui pêche au tramail, avec un peu de chance il aura dessaoulé... Je veux savoir s'il a vu le voilier de Natacha.
-OK, je pars avec toi. Mets nous « I'm the Walrus ». Je te le chante en Français pour accompagner Lennon
-PK, on se connais depuis plus de quarante cinq ans... je peux te poser une question indiscrète ?
-Essaye toujours
-Tu es bien né dans un petit village... Cusonnet... qui se trouve sur la commune de Taurel dans le département de l'Eure ?
-Pas du tout... Tu as bu ?
-Dommage pour toi Simmon.
-Pourquoi ?
-Tu aurais pu remplacer les clochers des églises.
-AH, je vois.... putain, te voilà tombé en plein humour Liebig. Bravo, bienvenue au club... Je ne suis pas le seul à faire de l'humour potache...
-Musique maestro ?...

Je suis lui comme tu es lui comme tu es moi et nous sommes tous ensemble
Regarde comme ils courent comme des cochons devant un fusil, regarde comme ils volent
Je pleure
Assis sur un flocon de blé en attendant que le van arrive
Le t-shirt de la corporation, maudit stupide mardi
Mec, tu as été un mauvais garçon, tu fais la tronche
Je suis le porteur d'oeufs, ce sont les porteurs d'oeufs, je suis le morse

I am he as you are he as you are me
And we are all together
See how they run like pigs from a gun see how they fly
I'm crying
Sitting on a cornflake waiting for the van to come
Corporation teeshirt, stupid bloody Tuesday
Man you been a naughty boy. You let your face grow long
I am the eggman, they are the eggmen
I am the walrus, goo goo goo joob

Quand passent les pibales-Vivre avant de mourir

Goo goo a'joob

Monsieur le policier de la ville est assis
Un joli petit policier en rang
Regarde comment ils volent comme Lucy dans le ciel, regarde comment ils courent
Je pleure, je pleure
Je pleure, je pleure

Une creme jaunâtre qui goute de l'oeil d'un chien mort
Le casier a crabes de la poissonnière, la pretresse pornographique
Garçon, tu as été un mauvaise fille tu as baissé ta culotte
Je suis le porteur d'oeufs, ce sont les porteurs d'oeufs, je suis le morse
Goo goo a'joob.

Assis dans un jardin anglais attendant le soleil
Si le soleil ne vient pas tu bronzes
En attendant sous la pluie anglaise
Je suis le porteur d'oeufs, ce sont les porteurs d'oeufs, je suis le morse
Goo goo g'joob, goo goo g'joob.

Fumeurs choqués experts en texte coquin
Ne pensez vous pas que le joker se moque de vous ?
Regardez comment ils sourient comme des cochons dans une porcherie. Regarde comme ils grognent
Je pleure

Un pilchard(1) à la semoule grimpant a la Tour Eiffel
Un pingouin primaire chantant Hare Krishna
Mec, tu dois les avoir vu donnant des coups de pieds a Edgar Allan Poe
Je suis le porteur d'oeufs, ce sont les

Mister City Policeman sitting, pretty little policemen in a row
See how they fly like Lucy in the sky, see how they run
I'm crying, I'm crying
I'm crying, I'm crying

Yellow matter custard dripping from a dead dog's eye
Crabalocker fishwife pornographic priestess
Boy you been a naughty girl, you let your knickers down
I am the eggman, they are the eggmen
I am the walrus, goo goo goo joob

Sitting in an English garden waiting for the sun
If the sun don't come
You get a tan from standing in the English rain
I am the eggman, they are the eggmen
I am the walrus, goo goo goo joob goo goo goo goo joob

Expert textpert choking smokers
Don't you think the joker laughs at you?
(Ha ha ha! He he he! Ha ha ha!)
See how they smile like pigs in a sty, see how they snied
I'm crying

Semolina pilchard climbing up the Eiffel Tower
Elementary penguin singing Hare Krishna
Man you should have seen them kicking Edgar Alan Poe
I am the eggman, they are the eggmen
I am the walrus, goo goo goo joob goo goo goo joob

porteurs d'oeufs, je suis le morse
Goo goo a'joob, g' goo goo g'joob, (goo goo goo joob goo goo goo joob goo goo goooooooooooo jooooooob)
Fume de l'herbe, fume de l'herbe tout le monde fume de l'herbe fume, de l'herbe fume, de l'herbe tout le monde fume de l'herbe

Goo goo goo joob goo goo goo joob
Goo gooooooooooo jooba jooba jooba
jooba jooba jooba
Jooba jooba
Jooba jooba
Jooba jooba

-Tu en rajoutes pas un peu en fin de chanson ?
-Écoute le disque, tu verras.
-Ça doit être le carrelet là bas …
-Tu as vu le bateau amarré au pilotis de son carrelet?
-On dirait un hydroglisseur des Bayous de Louisiane.
-Il est pratiquement neuf, un Panther 13 pieds en aluminium...
-Monsieur Jethro Madian êtes-vous là ?
-Ouais ! qui me demande ?... Mes seigneurs de l'autre soir... montez dans mon carrelet... Je vous accueille dans ma modeste demeure.
-Ce n'est pas grand mais vous avez le confort moderne.
-J'ai des panneaux solaires sur le toit et une turbolienne 3,15 pour mon courant... Pour l'eau douce j'ai un réservoir de 1000 litres qui récupère l'eau de pluie... quand il ne pleut pas, pour avoir de l'eau pour la cuisine et la boisson j'ai le déshumidificateur Delonghi DDS25 qui me fournit de l'eau pure... pour tout ce qui est sanitaire je pompe directement dans la Gironde. Là dans le coin, ma cave à vin Mep de 119 bouteilles... ma raison de vivre... les réserves de sang de mes veines, l'air de mes poumons, l'oxygène de mon hémoglobine...
-Monsieur Jethro, vous imaginez bien que nous ne sommes pas venus ici pour tourner une séquence de 'La maison Idéale'... Je voulais savoir si vous aviez aperçu un voilier dans la nuit du 26 au 27 entre 2h et 4h du matin.
-Un hors-bord oui, mais pas de voilier.
-Vous ne vous êtes pas assoupi un instant pendant cette tranche horaire ?
-Certain, j'ai passé la nuit avec une amie à pêcher au tramail. Elle

profite de mes heures de pêche sobre pour me rendre visite.
-Comment pouvait-elle savoir que cette nuit là vous alliez être sobre.
-Sachez Monsieur que je ne suis pas un alcoolique, je sais me modérer... Chaque année aux deux changements d'heure je ne bois pas une goutte d'alcool de la journée.
-Le lendemain ?
-Je bois pour fêter ma tempérance de la veille
-Pourquoi buvez-vous habituellement ?
-Pour oublier, comme tout le monde je suppose.
-Que voulez-vous oublier ?
-Ça je ne saurais vous le dire, j'ai oublié... Ce qui prouve que c'est efficace comme thérapie.
-Vous avez un permis de pêche ?
-Vous la jouez sur ce modèle, on fait le sympa, en entre en empathie et v'lan la question vache qui désarçonne. Un permis pour quoi faire, je suis sur la Gironde, à cet endroit il y a des marées donc pas besoin d'avoir de permis... Un permis de vivre aussi ?
-Pour le moment ce n'est pas encore obligatoire.
-Votre gros social-ultra-libéral de Président... je suis sur qu'il y pense déjà... Il n'y a qu'en France où l'on quitte un enculé pour se doter d'un pourri en chantant victoire dans les rues. C'est dire si le degré d'abrutissement est élevé... C'est peut être ça que j'essaye d'oublier en buvant.
-Je suis tenu, par ma profession, à un devoir de réserve. Je vous souhaite une bonne continuation monsieur Jethro Madian.
-PK, tu viens, nous retournons au bureau.
-Musique camarade chef
-Voilà pour notre ami Jethro.

Ah ah listen to everybody (body)
Especially you girls (girl)
It's not right to be left alone
When the one you love is never home
I loved to hard my friends sometime say

But I believe, I believe
That a woman should be loved that way
But it hurts me so inside
To see you treat me so unkind
Somebody, somewhere tell her it ain't fair
Can I get a witness (can I get a witness)
I want a witness (can I get a witness)
I want a witness (can I get a witness)
Somebody (can I get a witness)
Is it right to be treated so bad
When you give it everything you had
If I talks in my sleep
'Cuz I haven't seen my baby all week
Now you chicks you all agree
This ain't the way it's supposed to be
Let me hear you
Let me hear you say, "yeah yeah"
Up early in the morning
Well they're all in my mind
Just to find her out all night
Well I've been crying
But I believe
A women's a man's best friend
I'm gonna stick by her
'Till the very end
Well she caused me so much misery
I forget how it's supposed to be
Somebody, somewhere
Tell her it ain't fair
Can I get a witness
Can I get a witness (can I get a witness)
I want a witness (can I get a witness)
Witness, witness (can I get a witness)
Witness, witness (can i get a witness)
Everybody knows, especially you girls
That a love can be sad
But half a loves is twice as bad
Now you chicks you all agree
That ain't the way love's supposed to be
Let me hear ya

Let me hear you say "yeah yeah"
I want a witness (can I get a witness)
I want a witness (can I get a witness)
Yeah I want a witness (I want a witness)
Somebody (can I get a witness)
Is it right to be treated so bad
When you give it everything you had
If I talk, in my sleep
'Cuz i haven't seen my baby all week
Yeah she caused me so much misery
That ain't the way it's supposed to be
Let me hear
Let me hear you say "yeah yeah"
I want a witness (can I get a witness)
I want a witness (can I get a witness)
I want be (can I get a witness)
I want a witness (can I get a witness)
Witness, witness
I want a witness

-Je vais être obligé de libérer Natacha, je n'ai rien contre elle... Jethro ne l'a pas vu passer devant lui.
-Elle n'a pas une tête d'arbalétrière.
-Tu viens, nous la libérons... Tu descends avec moi.
-Tu l'a mise à la cave ?... tu ne l'a pas laissée seule avec les bouteilles de ton Pomerol Pétrus, ni de tes Médoc, les Château Latour, Lafite-Rothschild, Margaux et Haut-Brion, tes Saint-Emilions Cheval Blanc, Ausone, Pavie et Angélus
-PK nom de dieu... Putain de merde... Cette conne s'est pendue avec ses collants...
-Tu n'avais pas fait la fouille à corps... Je te le dis toujours, vérifies tous, mets tes doigts partout, elles ont des planques que ton esprit embrumé de culbéniterie t'interdit d'imaginer au premier abord.
-Je n'allais pas lui retirer le soutif, les collants et le string...
-Tu veux que je te dise... tu es dans la merde camarade chef... les trucs diplomatiques vont rappliquer avec leurs balais dans le cul et la bouche en cul de poule, j'te raconte pas le cinéma. Toi qui

envisageais une fin de carrière peinarde au pays où on se la coule douce... Je vois ta tronche demain à la Une de Sud-Ouest... La bavure du Chee.
-Que faire ?
-J'ai une idée, viens on la sort en louzedé, on la met dans ton coffre de caravelle. Tu es prêt... allez magne toi, ne perds pas de temps à réfléchir... personne ne l'a encore vue... Soulève la, je la décroche... Vas jeter un œil dehors.
-Personne en vue.
-Voilà prends les pieds... Remets lui sa pompe, elle n'est pas venue avec une seule godasse... Non, tu ne lui remets pas les collants... t'as vu la gueule qu'ils ont... tu les brûleras. Tu as bien fait de garer ta caisse juste devant la porte des sous-sols. Je la tiens, va ouvrir ton coffre. Ready ? Hop-là, voilà, replie la jambe, elle dépasse du coffre... tourne la tête elle touche le capot... Je referme, maintenant direction le bateau de madame... Coup de pot toujours pas un chat. Tu as le cul bordé de nouilles... cette petite bruine n'incite pas la curieuse à promener son caniche lèche fion.
-Je mets de la musique pour passer inaperçu ?
-Mets nous un truc de circonstance.

Il était une fille, qui s'appelait Suzon
Et qui aimait à rire, avec tous les garçons

Aaaaaaah Laaaaaa salope va laver ton cul malpropre
Car il est malpropre tireli, car il est malpropre tirela (bis)

Et qui aimait à rire, avec tous les garçons
Mais à force de rire son ventre devint rond

Mais à force de rire son ventre devint rond
Sa mère lui demande : " Qui t'as fait ça Suzon ? "

Sa mère lui demande : " Qui t'as fait ça Suzon ? "
C'est l'fils du garde barrière, par derrière la maison

C'est l'fils du garde barrière, par derrière la maison
Il a mis sous ma jupe un gros bâton tout rond

Il a mis sous ma jupe un gros bâton tout rond
Au bout y'avait d'la crème, mon dieu que c'était bon

Au bout y'avait d'la crème, mon dieu que c'était bon
Et si c'était à r'faire, nous recommencerions

-Peut être pas complètement dans le ton, ça donne le change... genre potes en tournée des bars à putes pendant que bobonne prépare le gigot haricots cocos. Si on croise un mec qui a le moindre soupçon sur nous en écoutant la chanson qui sort de ta fenêtre je m'abonne à Notre-temps.
-Gare toi au bord du quai près de son rafiot... Si la bonne sœur de l'autre jour est dans le coin, on la ligote et on la fout dans la cale pour accompagner la navigatrice de plus en plus solitaire.
-Aide moi, je l'accroche dans le carré. Tiens, là, au poteau qui passe dans la table. Vas chercher la barque de miss suce-pines, pense à débrancher le chargeur de batterie... tu l'attaches en remorque et tu largues les amarres de ce bateau pendant que je mets le moteur en route.
-C'est bon, heureusement à cette saison il n'y a pas un chat, les maisons ont les volets clos... T'as bien fait d'éviter les congés des pues la sueur pour t'initier à la garde-à-vue.
-Je sors du chenal, je mets le cap plein ouest... le moteur à 5 nœuds de vitesse... le plein est fait...
-Ils ne la retrouveront pas avant l'embouchure du Saint-Laurent...
-Voilà l'embouchure de la Gironde... Natacha, ravi d'avoir fait ta connaissance... ne réponds pas, j'imagine ce que tu penses, je sais que ce n'est pas réciproque... Moi j'allais te libérer, c'est toi qui a voté ta peine de mort... je ne savais pas qu'elle était toujours en vigueur dans ton pays... Bon, ma grande c'est là que nos chemins divergent.... Je bloque le pilote automatique plein ouest.... Chee, tire la barque bord à bord...
-PK, c'est le moment de changer de monture non ? Le cap semble bon...
-Eh voilà retour en barque... tout en silence...on revient tranquilles

comme batiste nous amarrer.
-Putain c'est une chance, toujours pas un pékin à la ronde.
-Retourne au bureau, indiques sa levée de garde-à-vue... elle devait partir pour Chypre... elle est partie, c'est la version officielle... Elle était furieuse d'avoir été placée en garde-à-vue, aussitôt libre elle est partie rejoindre ses amis à Chypre.
-Si ton truc merde... nous serons dans de beaux draps...
-Son suicide en pleine mer, après tout ce qu'elle a subit ne paraîtra pas extraordinaire... Le résultat est le même pour elle, les emmerdes en moins pour toi. J'vais t'dire la Crimée n'est pas prête pour entrer dans l'Europe...CQFD.

Chapitre 13

Hommage à Naghit

-Mes amis, nous nous sommes réunis ici plage de Verbois pour célébrer la mémoire de Naghit Mihaïl qui a décidé d'apprendre l'apnée à son cancer.
-Nachs tu peux lancer sa vidéo.
-Naghit a fait une vidéo ?
-Regarde et ferme-là Sodom, surtout écoute le début.
-Salut à tous... Merci d'être venus... Je ne connais pas le temps que vous subissez en ce jour où je vous fais mes adieux... mais de grâce s'il pleut, neige, gèle, vente, fait trop chaud, ne restez pas là, prenez soin de vous... Vous, vous êtes vivants essayez de le rester, si possible en bonne forme. J'imagine que des suicidaires ont tenus à rester... Je suis désolé de vous dire que je ne pourrais pas vous rendre la pareille. Bon, venons-en aux faits... si vous regardez ma vidéo c'est que d'une part vous n'êtes pas aveugles et d'autre part que moi j'ai changé de statut... J'ai quitté le monde provisoire de ceux qui se pensent vivants pour celui plus définitif du rien, du néant. Sartre a écrit l'être et le néant... moi, je le vis complètement. Je sais que mes atomes vont être recyclés, ne vous étonnez pas s'ils ne vous saluent

pas lorsque vous les croiserez. Avant de poursuivre, deux minutes d'attention... merci... Je demande aux cons qui se trouveraient ici par inadvertance, des nazes qui se seraient dit je vais taper l'incruste pour picoler un coup et grignoter deux ou trois trucs ce sera toujours ça de pris... je leur demande de quitter les lieux immédiatement pour ne pas plomber l'ambiance... pour ne pas nous niquer les ondes... ceci est une réunion privée. Je parle pour toi Sodom. Je demande à PK de faire respecter cette volonté.

-Nachs tu mets sur pause...

-Feuillu que fous-tu encore ici ? T'as pas branché ton sonotone, t'avais les portugaises ensablées comme ils disent au Château-d'Oléron.

-Je suis le dernier à l'avoir vu vivant... comme j'ai appris pour cette réunion et que j'habite la Guytière, c'est à deux pas... Sur le moment je n'ai pas compris son attitude peu compatible avec les usages des marins... Maintenant tout s'explique.

-Oui, mais non, Naghit a bien précisé : « Pas de con ».... tu veux que je te repasse la séquence ?

-Tu me traites de con, tu m'insultes ?

-Oh là tout de suite les grands mots... rien de tout ça... je me contente de constater, il n'y a pas de jugement de valeur de ma part. Tiens, dernière confirmation... as-tu une seule fois été invité aux réunions de Coq ?

-Non jamais...

-Donc tu te casses fissa... N'oublie pas ton Yvonne Lamèremarre, il paraît que vous êtes liés maintenant...

-Bien, tout est en ordre... Anita, Lillith, Lev, Nachs, José, Sarah, Niala, Laith, Typhanie vous êtes bien assis ? Nous allons poursuivre le visionnage du DVD de Naghit.

-Mes amis je n'ai pas toujours été un mec bien, je le sais et j'assume... J'ai à l'occasion exploré des voies inappropriées, j'ai émis des idées parfois douteuses, certains disent souvent... possible, j'ai eu des attitudes pas très glorieuses, des comportements peu conforment

à ma propre morale, je me suis roulé dans la contradiction, j'ai sans doute blessé des personnes proches... en un mot j'ai vécu. Je ne regrette rien, je ne m'excuse pas, ce n'est pas mon genre, ne me repens pas, ne tends pas l'autre joue... ce que j'ai fait est fait. Ce que l'on pense de moi je ne m'en suis jamais soucié. Ma mort ne doit pas me faire devenir comme par miracle plus aimable, plus sympathique, plus intéressant. Voilà pour le discours, je crois que j'ai pris assez de votre temps, le mien est maintenant sans limites mais le votre est précieux. J'ai envie de vous faire écouter le grand Léo, ce sera ma musique funéraire après il sera temps d'ouvrir les bouteilles, de sortir les tapas, de mettre la musique et de danser. Comme disait mon grand père tu es toujours sûr de faire plaisir, si ce n'est pas quand tu arrives, c'est quand tu pars. Mes compagnons... je vous aurais au moins fait plaisir une fois. MUSIQUE !

-Obéissons, écoutons Léo :

Y'en a pas un sur cent et pourtant ils existent
La plupart Espagnols allez savoir pourquoi
Faut croire qu'en Espagne on ne les comprend pas
Les anarchistes
Ils ont tout ramassé
Des beignes et des pavés
Ils ont gueulé si fort
Qu'ils peuv'nt gueuler encor
Ils ont le cœur devant
Et leurs rêves au mitan
Et puis l'âme toute rongée
Par des foutues idées
Y'en a pas un sur cent et pourtant ils existent
La plupart fils de rien ou bien fils de si peu
Qu'on ne les voit jamais que lorsqu'on a peur d'eux
Les anarchistes
Ils sont morts cent dix fois
Pour que dalle et pourquoi ?
Avec l'amour au poing
Sur la table ou sur rien
Avec l'air entêté
Qui fait le sang versé
Ils ont frappé si fort
Qu'ils peuv'nt frapper encor

Quand passent les pibales-Vivre avant de mourir

Y'en a pas un sur cent et pourtant ils existent
Et s'il faut commencer par les coups d' pied au cul
Faudrait pas oublier qu' ça descend dans la rue
Les anarchistes
Ils ont un drapeau noir
En berne sur l'Espoir
Et la mélancolie
Pour traîner dans la vie
Des couteaux pour trancher
Le pain de l'Amitié
Et des armes rouillées
Pour ne pas oublier
Qu'y'en a pas un sur cent et qu' pourtant ils existent
Et qu'ils se tiennent bien bras dessus bras dessous
Joyeux et c'est pour ça qu'ils sont toujours debout.

La cigarette sans cravate
Qu'on fume à l'aube démocrate
Et le remords des cous-de-jatte
Avec la peur qui tend la patte
Le ministère de ce prêtre
Et la pitié à la fenêtre
Et le client qui n'a peut-être
Ni Dieu ni maître
Le fardeau blême qu'on emballe
Comme un paquet vers les étoiles
Qui tombent froides sur la dalle
Et cette rose sans pétales
Cet avocat à la serviette
Cette aube qui met la voilette
Pour des larmes qui n'ont peut-être
Ni Dieu ni maître
Ces bois que l'on dit de justice
Et qui poussent dans les supplices
Et pour meubler le sacrifice
Avec le sapin de service
Cette procédure qui guette
Ceux que la société rejette
Sous prétexte qu'ils n'ont peut-être
Ni Dieu ni maître
Cette parole d'Evangile
Qui fait plier les imbéciles
Et qui met dans l'horreur civile
De la noblesse et puis du style

Ce cri qui n'a pas la rosette
Cette parole de prophète
Je la revendique et vous souhaite
Ni Dieu ni maître

-Maintenant la rock-musique et on danse... Tous le monde s'est vernis les ongles en noir... marionnettes, on agite les mimines... parfait... pour se mettre un doigt dans le cul pendant les danses cela fait plus deuil.

-Planteur pour tout le monde...

-Buvons, buvons, buvons... Typhanie avec une paille ?

-Psilocybe Mexicana... qui veut les psilocybes que nous a apportés José de ses contrées lointaines..

-Les filles laquelle désire un petit comprimé de Maca... Don de Sarah qui aujourd'hui est enclin au partage.

-Nachs tu veux mâcher des feuilles de Salvia Divinorum...

-Lev où as-tu mis la thermos avec la tisane spéciale aux feuilles de Damiana... Tu nous en sers un goblet

-Lillith fait tourner ton green house jack herer... je te l'échange contre mon New Purple-power.

-Nachs passe la dame-jeanne de planteur... j'en vois qui se déshydratent... Laith si tu as soif redemande, ne fais pas ta timide... C'est le doigt de PK qui te donne ce visage coloré ?

-Où sont Anita et Lev ?

-Derrière le blockhaus, Anita voulais ressentir une nouvelle fois les bienfaits du Saint-Esprit...

-Comme Marie ?

-Oui, mais il n'y aura pas de conséquences... Sainte ménopause veille sur nous.

-Bain de minuit pour tout le monde.

-Lev il n'est que 15h

-On s'en fout... tous à poil et à la baille

-Putain Naghit tu aurais du venir, on est une bande de vieux et on se fend la gueule.

Chapitre 13

the end

-Chee tu continues ton enquête ?
-En fait je m'en tape un peu, de trouver l'assassin des exterminateurs d'anguilles ne me tenaille pas plus que ça.
-Je suis allé chercher le tacot de Naghit pour le mettre en sûreté.
-Alors tu as trouvé quelque chose ? Sinon tu n'en parlerais pas maintenant.
-J'ai trouvé son smartphone sous la banquette arrière.
-Il y a des infos dessus ?
-Je n'ai pas regardé... Je te l'ai apporté.
-Tu vas me faire croire que tu n'as pas regardé... pas à moi !
-Il est éteint et je ne connais pas son code PIN.
-Je me disais aussi...
-Tu as le logiciel pour le faire parler...
-Passe le moi, je le connecte sur l'ordi... OK... search PIN-Code OK... Code-PIN is 1947.
-Putain ce con avait mis sa date de naissance... Alors que trouves-tu ?
-Une vidéo .
-Montre

- « Bonjour, j'ai décidé de ne plus poursuivre ma vie, je n'ai plus envie d'être une variable d'ajustement pour tous ces cons de politiciens, ces enculés de marchands de Dieu, ces lèche-fions d'économistes, tous ces dégueulants de démocratie qui se veulent les élites, l'avant-garde de la société qui va faire joli dans les yeux des cons décérébrés... J'ai décidé de retrouver mes origines et repars dans l'océan. S'il vous plaît n'emmerdez pas Natacha elle est déjà assez éprouvée par le tour que je lui joue. J'oubliais, Natacha n'est pour rien non plus dans la disparition des pibaleurs... il y a longtemps que ses violeurs ont dû transformer leurs poumons en branchies pour survivre... Ce que je tente à mon tour, mais moi de mon plein gré. Salut à tous. »
-Pourquoi n'a-t-elle pas dit qu'elle avait trouvé son smartphone ?
-Faudra lui demander quand elle sera à Chypre.
-T'es vraiment con !
-Chee, je crois que Lev a des trucs à te dire...
-Qu'il vienne, je ne bouge pas du bureau de la journée.
-OK, je l'appelle pour lui dire de passer.
-Tu sembles bien mystérieux... c'est important ce qu'il a à me dire ?
-Non, un truc avec ses employeurs qui l'ont appelé.
-Tu te fous de moi, lev est diplômé commandant de bord sur UFO, à ce jour personne n'en a vu un seul venir faire un recrutement pour piloter le moindre OVNI.
-Il va passer, tu verras bien. Tu n'as plus besoin de moi ?
-A vrai dire c'est un besoin que je n'ai jamais éprouvé... Tu m'as plus embarrassé qu'aidé dans cette enquête... Pendant que je t'ai dans les pattes tu n'emmerdes personne d'autre... c'est déjà ça.
-Si tu le prends comme ça, démerdes-toi tout seul, je regrette d'avoir fait venir Lev.
-Le prends pas mal, avoue que tu es un petit peu chiant quand tu t'y mets.
-J'avoue rien sans la présence de mon avocat.
-C'est toujours d'accord pour le final ce soir avec Lev et Nachs...Tu

n'as pas changé d'avis.
-Est-ce que j'ai une gueule à vous laisser tomber ?
-Je n'ai pas dit ça...
-Voilà Lev qui arrive, je préfère vous laisser en tête à tête... à ce soir.
-Salut Chee, salut PK... tu te tires ?
-On se revoit ce soir.
-Chee, j'ai un truc à te confier avant ce soir.
-Je t'écoute.
-Rien de grave rassures-toi.
-Arrête de tourner autour du pot... Parle... si c'est pour te faire sauter une contravention ne compte pas sur moi.
-Non, je n'oserais jamais te demander un aussi grand service.
-Tu penses me le dire aujourd'hui ?
-Voilà, j'ai été contacté par des responsables de PH1.
-Qu'est-ce que c'est ton PH1, une boîte Américaine ?
-Non une exoplanète, Planète Hunter 1 qui tourne autour de KIC 4862625 Ba+Bb.... C'est une planète qui tourne autour d'un système binaire qui fait partie d'un système double.
-C'est simple en effet, il suffit de savoir le présenter... Ton système est double même lorsque tu n'as pas forcé sur les mojitos ?.
-Je me doutais que ton inculture en astronomie... Bref ils m'ont contacté pour me proposer un job sur une de leurs soucoupes.
-Bien sûr... ça arrive tous les jours, je lisais les annonces ce matin à pôle-emploi et je me faisais la réflexion, c'est fou ce qu'il y a comme annonces demandant des pilotes d'OVNI pour PH1.
-Pour être certains de mes aptitudes ils m'ont demandé de les aider à mettre fin à une perte d'énergie pour le ravitaillement de leurs vaisseaux.
-C'est normal... les vaisseaux du cœur en quelque sorte.
-Reste sérieux !
-Excuse moi... c'est moi qui manque de sérieux... si tu le dis.
-J'ai fait ce qu'ils demandaient.
-Normal, s'ils le demandent, faut le faire... c'est logique.

-Je suis d'accord avec toi.
-Tu ne m'as toujours pas expliqué en quoi consistait ta mission.
-Les Hunteriens One ont besoin de l'énergie produite par les pibales pour recharger les accumulateurs d'anti-matière de leurs soucoupes.
-Suis-je sot de n'y pas avoir songé plus tôt, les pibales, l'anti-matière ça coule de source.
-Pour créer de l'anti-matière il faut accumuler une quantité suffisante d'énergie dans un espace réduit.
-Je le pense aussi.
-Tu réalises des collisions de particules de haute énergie dans cet espace pour produire des paires de particules-antiparticules... et c'est là qu'ils utilisent l'énergie fournie par la transformation des pibales en anguilles pour séparer les antiparticules qui vont remplir leurs réservoirs d'anti-matière.
-Je me disais aussi pourquoi n'utilise-t-on pas plus l'énergie de transformation des pibales... heureusement que tes Hunteriens One étaient là... Pas cons les mecs.
-Grâce à l'anti-matière ils peuvent se déplacer plus vite que la lumière sans se heurter à nos limites qui sont qu'un corps qui va à la vitesse de la lumière acquiert une masse infinie.
-J'y pensais aussi, et une masse infinie c'est très lourd je suppose... et ça fait consommer un max ce qui n'est pas bon pour le bilan carbone... des copains à Hulot tes amis. Maintenant je sais pourquoi Dieu s'est emmerdé à créer les anguille et de faire en sorte que leur développement soit des plus compliqué... pour le bilan carbone des Huntériens One qui comme ça ne sont pas soumis à l'écotaxe.
-C'est pour ça que je l'ai fait.
-Tu as fait quoi ?
-J'ai équipé mon drone d'une double arbalète, guidé par la caméra j'ai supprimé les obstacles à la recharge des réservoirs d'anti-matière.
-Tu peux être plus précis quand tu dis j'ai supprimé les obstacles ?
-J'ai tué les massacreurs de civelles en utilisant mon drone.

-D'accord, d'accord... c'est toi qui a tué les trois pêcheurs.
-J'ai supprimé le point de blocage pour la séparation particules/antiparticules.
-Oui, Oui, Oui... Rassure moi tu ne les as pas tués méchamment ?
-Biens sûr que non, tu me connais assez pour ne pas imaginer une chose pareille.
-Oui, bien sûr, bien sûr.
-Tu es rassuré, l'énigme des pibaleurs est résolue... Juste la correction d'une anomalie de répartition des énergies.
-J'allais le dire, tu m'as retiré les mots de la bouche... Bon, nous n'allons pas épiloguer là dessus... si on rejoignait les autres chez Nachs

-Les garçons, j'ai préparé le dispositif... lorsque vous serez prêts nous pourrons l'essayer.
-Nachs je finis mon verre et j'arrive.
-Chee et PK vous avez terminé le votre ?
-OK, alors on y va....
PK, Lev, Nachs et Chee prirent place dans la Buggati Veyron que Nachs avait louée.... Quand Nachs tourna la clé de contact les 20kg de Semtex pulvérisèrent les quatre joyeux drilles dans le réservoir d'antimatière de la soucoupe de Lev.

THE END

FSC
www.fsc.org
MIXTE
Papier issu de sources responsables
Paper from responsible sources
FSC® C105338

© 2014, Alain René Poirier
Edition : BoD - Books on Demand
12/14 rond-point des Champs Elysées, 75008 Paris
Imprimé par Books on Demand GmbH, Norderstedt, Allemagne
ISBN : 9782322037292
Dépôt légal : juillet 2014